友の墓の上で

怪異名所巡り８

赤川次郎

集英社文庫

イラスト／南Q太
デザイン／小林満

目次

友の墓の上で　7
人のふり見て……　45
乙女の祈りは永遠に　89
地の果てに行く　129
殺意がひとり歩きする　173
夢は泡に溶けて　215
解説◎吉田悠軌　255

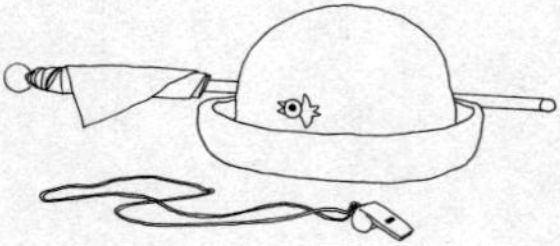

友の墓の上で

怪異名所巡り8

友の墓の上で

1　親友

「やっぱりここにいたのか」

体育館の裏手、雑草が伸び放題の狭い場所に、その少年はうずくまっていた。

「捜したぜ」

と、やって来たのは、スラリと長身でスマートな少年。

「放っといてくれよ」

と、立て膝を抱えて、太った少年が口を尖《とが》らす。

「そんなこと言うなって」

と、端正《たんせい》な顔立ちの少年は、もう一人の少年のそばへ行って、肩を叩《たた》くと、「さ、もう午後の授業、始まってるぜ」

「知ってらあ。チャイムが聞こえた」

「じゃ、行こう。俺も一緒だ。授業の途中から入っても大丈夫。何も言われやしない」

「お前はいいさ。優等生だしな。先生にだって気に入られてる」

「お前、考え違いしてるぜ」

と、並んで座ると、「俺は先生たちにしてみると扱いやすいのさ。適当に器用で、適当にテストで点が取れて――」

「適当に女の子にもてる、だろ」

「高校生なんて、たった三年間だぜ。それももう一年は終っちまった。その間だけ女の子に騒がれても、バレンタインのチョコレートを沢山《たくさん》もらっても、過ぎちまえば何てことないさ」

「俺には一つもチョコなんか来ない」

「むくれるなよ！　大人になったら、そんなこと関係ない。そうだろ？」

「お前は余裕あるから、そんなことが言えるんだ」

と、しかめっつらをする。

「すねてたって仕方ない。行こう」

促されて、小太りな少年は渋々立ち上った。

「――遅れた言いわけ、どうするんだ？」

と、歩き出しながら訊《き》く。

「簡単さ。俺が貧血を起して、お前が面倒みてくれてた、ってことにすればいい」

と、スマートな少年は言った。「幸い、午前中の最後は体育だ。貧血起してもおかしくないだろ」

小太りな少年は笑って、

「お前って、本当に頭がいいな」

「もちろん、先生だって分るさ。でたらめだってな。でも、嘘《うそ》だって証拠はない。証拠がなきゃ、俺の話を否定できない」

「そうだな」

「憶《おぼ》えとけよ。ばれなきゃ、どんな嘘も嘘じゃないんだ」

と言って、スマートな少年は友だちの肩に手をかけた。

校庭には、サッカーをする少年たちの声が響いていた……。


ロビーを横切って来る男性は、いやでも目をひく雰囲気を持っていた。三つ揃《ぞろ》いのスーツを着こなし、スタイルもいい。そして端正な顔立ち。明らかに、自分が注目されていることを意識していた。

「お待たせして」

と、爽やかな声で言った。「元木《もとき》です」

「〈すずめバス〉の町田藍《まちだあい》と申します」

と、藍は立ち上って挨拶すると、「お忙しいところ、恐れ入ります」

「いやいや」

と、微笑《ほほえ》んで、「これも仕事の内です。——あなたが、〈幽霊と話のできるバスガイド〉さんですね」

「はあ、一応……」

「ともかく、席を移しましょう」

と、元木は言った。「あと十分でお昼休みだ。ランチでもいかがです?」

「はあ……」

押し付けがましくない誘い方。なかなかできないことだ。

藍は、ビルの地下にある目立たないレストランで、元木と二人、ランチを食べた。

——元木京介《きようすけ》というその男性、爽やかな印象の、「できる」ビジネスマンだった。

「面白いでしょうね」

と、元木は食事しながら言った。

「幽霊とのお付合いですか?」

と、藍は言って、「よくそう言われますが、そう度々のことじゃありませんし、あくまで向うが会いに来るんです」

「しかし羨しい」

「どうしてですか?」

「今は会いたくても会えない人間がいますからね。そういう人たちと会えれば……」

「待って下さい。私、霊媒じゃないので、誰かを呼び出すなんて、できません」

「いや、分ってます。ご心配なく」

と、元木は笑って、「このランチも、私の会社で払います」

「それは申し訳ないですから――」

「ぜひお願いしたいことがあるんです」

と、元木は言った。

「私にできることでしたら……」

と、藍は言った。「ただ、お電話では〈すずめバス〉にご依頼が、とのことでしたので……」

「もちろんです」

「それならいいんですけど」

「バスツアーを企画しています」

と、元木は言った。「亡き友の足跡を訪ねるツアーです」

藍はちょっと当惑して、

「『亡き友』とおっしゃったんですか?」

「ええ。私の学生時代からの親友です」

と、元木は肯《うなず》いて、「三か月前に亡くなりまして」

「それはどうも……」

「決して目立つ男ではありませんでしたが、コツコツと真面目《まじめ》に働く男で……。高校生のころからそうでした」

「失礼ですが、その方のお名前は……」

「根本《ねもと》靖《やすし》といいます」

元木は上着のポケットから名刺を取り出して、藍に差し出した。

「〈Mモーターズ〉営業……。根本靖」

と、藍は読んで、「〈Mモーターズ〉ということは……」

「ええ、同じ会社です。元同級生で、同僚というわけです」

同僚といっても、根本は名刺で見る限り、ただの営業マン。元木京介は営業部長である。

輸入車の販売を主な仕事としている〈Mモーターズ〉は決して小さな会社ではない。

「元木さんは今、おいくつですか？」

と、藍は訊いた。

「三十八歳です」

「とてもお若いですね、部長さんとしては」

「まあ確かに」

元木はペリエを飲んで、「実力の社会でしてね。特に営業は」

「元木さんは優秀だということですね」

「会社がそう認めてくれた、ということです」

元木は照れるでもなく言った。

「つまり……この根本さんという方は、三十八歳で亡くなった……」

「そうです」

「お若かったですね。ご病気ですか?」

「いえ、自ら命を絶ったのです」

「はあ……」

元木は食事を続けながら、

「親友として、もう少し彼の役に立ってやれなかったかと悔んでいます」

と言った。「しかし、もう取り返しはつかない。それで思い付いたのです。生前の根本を偲《しの》べる場所を巡るツアーをしようと」

「そういうことですか」

「根本を知っていた人々、知人、友人、仕事上の取引相手……。色々声をかけてみるつもりです」

「分りました」

藍は肯いて、「できれば根本さんの資料――お写真などもお借りできましたら……」

「データで送ります。パソコンのメールアドレスはお名刺にありましたね」

「はい。よろしく」

藍は食べ終えて、ナイフとフォークを置くと、「根本さんにご家族は？」

「ええ。奥さんは邦子《くにこ》さんといって、高校の同窓生でした。確か四歳になる、しのぶちゃんという娘さんがいます。その辺のデータも」

「ツアーの実行日は？」

「ひと月後でどうでしょう。十一月七日」

「かしこまりました。平日ですね」

「根本の、生きていれば三十九歳の誕生日でした」

「そうですか。――このツアーのことは、奥様もご存知ですか？」

元木の表情が初めて曇った。

「話したのですが……。やはり、まだ気持の整理がつかないのでしょう」

「分りました。私がお目にかかっても？」

「もちろんです。よろしく」

「万一、奥様が賛成されなくても、ツアーは開催されますか？」

「もちろんです」

と、元木はきっぱりと、「これは私自身のためのツアーでもあるんですから」

「そういうことでしたら……。当日は何時ごろから？」

「平日ですし、勤め人も多いと思いますから、夜――七時か八時からでどうでしょうか」

「よろしいですが……。その時間では外は真暗《まつくら》ですよ」

「それは仕方ありません。――やっていただけますね」

「承りました」

と、藍は言った。「どんなツアーになるか、はっきりしませんが」

「なに、もし根本が化けて出ても、あなたがいれば安心だ」

藍は、親友にしてはずいぶん冷淡なジョークだ、と思った……。


「ごちそうになりまして」

〈Mモーターズ〉の入ったビルの前まで一緒に来ると、藍は礼を言った。

「なに。それではよろしく」

元木はあくまで爽やかである。

そのとき、タクシーが二人のすぐ近くで停ると、ドアが開いて、スラリと長い脚が見えた。

「あら、あなた」

長身の、スマートそのものの体型の女性が降りて来ると、元木に声をかけた。

「何だ、どうした？」

「ちょっと用があって。——この方は？」

「ああ、仕事の打合せをしてた。もう終ったんだ」

「じゃ、ちょっと時間をちょうだい」

「分った。——町田さん、私の妻の里沙《りさ》です。ご覧の通り、モデルでしてね」

「お美しいですね」

「ありがとう。この人、どなた？」

「〈すずめバス〉の町田と申します」

「ああ！」

里沙は目を大きく見開いて、「週刊誌で読んだわ。幽霊が喜んで寄って来ると……」

「いえ、そういうわけじゃ」

「そう？　残念ね。——ぜひまたお会いしたいわ。——じゃ、あなた」

「うん」

元木は妻と共にビルの中へと消えた。

藍は、ケータイで〈すずめバス〉の社長である筒見《つつみ》に連絡した。

「――ええ、そういうことで」

と、仕事のことをザッと説明した。

「よし、じゃ請求先はその個人なんだな」

「ええ。――個人です」

と言って、藍は一瞬、「故人」という言葉が思い浮んだ。

そして――気のせいかもしれないが――妻と出くわしたとき、元木の顔に何か奇妙な表情が浮んだように見えた。

あの愛想のいい笑顔とは正反対の、「怒り」あるいは「恨み」のようだったのである……。

2　証人

「お邪魔しました」

と、玄関を出て、深々と頭を下げた女性がいた。

スーツ姿のその女性が玄関を後に歩き出そうとすると、

「お姉ちゃん！」

と、玄関から走り出て来たのは、小さな女の子で、「まだ帰んないで!」

と、その女性のスーツの裾をつかんだ。

「しのぶ!」

と、母親らしい女性があわてて出て来ると、「だめよ! お姉ちゃんはお仕事があるの」

「しのぶちゃん、また今度ね」

と、その女性は女の子の頭を撫《な》でて、「今度の日曜日、お姉ちゃんと遊園地に行こうか」

「本当? 約束ね!」

「ええ、約束」

「相原《あいはら》さん……」

「私も日曜日、暇ですし」

「すみませんね……」

その母親は、藍に気付いて、「——何か?」

「根本さんでいらっしゃいますか」

「ええ……。あ、何かバス会社の……」

「お電話さし上げた、〈すずめバス〉の町田です」

「どうぞ。お役に立てるかどうか」

「〈すずめバス〉って……。元木部長の話ですね」

「はい。あなたは――」

「〈Mモーターズ〉の相原祥子《しょうこ》と申します」

「亡くなった主人の同僚で、色々お世話になっています」

根本邦子はそう言って、「さ、相原さん、もう行って下さいな」

「私もお話を伺いたいですわ」

と、相原祥子は言って、また家の中へ戻ることになったのである。

――藍は、小さなその家の居間に座って、

「元木さんからお話が……」

「伺いましたけど、何しろ主人が亡くなって、まだあれこれ落ちつかず……」

と、邦子はお茶を出して、「突然だったものですから」

「もちろん、無理していただくことはありません」

「非常識だわ」

と、相原祥子が腹立たしげに、「ご遺族の気持も考えないで。あの人はそういう人なんです」

「元木さんのことですか」

「ええ。——冷酷そのもの。社内では〈冷凍人間〉なんて呼ばれています」

「こちらの方のせいじゃないんですから」

と、邦子がなだめるように、「主人が自分で命を絶ったことはご存知ですね」

「はい。詳しいことは何も伺っていませんが」

「部長が殺したようなもんだわ」

と、祥子が言った。

しのぶがやって来て、

「お姉ちゃん！　遊ぼう」

と、手を引張る。

「はいはい」

「——こんな可愛いお子さんがおられて。ご主人は心残りだったでしょうに」

と、藍は言った。

「それが……ひどい話なんです」

と、邦子が言った。「あの人を安心させてやりたいと思います。今でも」

「というと？」

しのぶが、祥子を引張って、隣の部屋へと連れて行く。

「——主人は苦しんでいたんです」

と、邦子は言った。「しのぶが自分の子なのかどうか、と」

「まあ」

「心ない噂《うわさ》が……。私がある人とホテルから出て来るのを見た、と。そのときの子がしのぶだというんです」

「ある人……」

藍は、肯いて、「元木さんのことですね」

と言った。

「お分りですか」

と、根本邦子は言った。

「相原さんのお腹立ちのご様子が、普通ではありませんでしたから」

と、藍は言って、相原祥子がしのぶと遊んでいる隣の部屋へと目をやった。

「元木さんのことはご存知でしたか」

と、藍は訊いた。

「はい。同じ高校の同学年ですから」

と、邦子は肯いて、「でも卒業してからは全く……。それは主人も同じでした。五年――いえ六年前ですね、ＯＬをしていた私は、仕事のおつかいで〈Ｍモーターズ〉へ行って、そこで根本と会ったんです」

「いえ、そのときは……。根本の口から話は聞きましたけど」

と、邦子は言って、「元木さんのことを決して恨んでいるわけではありません。でも――今度のツアーのお話、元木さんが何をしたいのか、私にはよく分らないんです」

「お気持は分ります。無理にご協力いただこうとは、もちろん思っていません」

「でも……もしかして……」

と、邦子が口ごもる。

「何でしょうか？」

邦子はふっと遠くを見る目つきになって、

「あの人は……私のケータイへ電話して来たんです。『ちょっと今日は遅くなるよ』と言って……。とても明るい口調でした。私、まさか主人が死のうとしてるなんて、思いもしなかったんです」

「では昼間？」

「午後の……三時ごろでした。その数分後に、主人は電車に飛び込んだんです」

「そうでしたか……」

「遺体は……ひどいものでした。私、とても正視できませんでした」

と、声を詰らせる。

「元木さんにも？」

「大変でしたね……」

「ですから……。町田さん、そのツアーで、もし主人が現われたら……」

「え？」

「あなたの前に、主人が生きてたころの姿で現われてくれたら……。最後の姿が、あんなひどい様子だったなんて、あまりに可哀そうです」

「そういうことですか」

と、藍は肯いて、「元木さんにも申し上げましたが、私は霊媒じゃありませんので、亡くなった方を呼び出すことはできません。ただ、幽霊として現われる可能性はないこともありませんが、ほんのわずかなものです」

「それでもいいんです！」

と、邦子は言った。「ほんの少しでも可能性があるなら……。本当にあるんでしょうか」

藍は、すぐには返事ができなかった。期待されても困るのだが、しかし……。

「可能性はあります」

と、藍は言った。

「――分りました」

邦子は背筋を伸して、「では、私としのぶも参加します。ツアーに関してご協力してもいいです」

と言った。

「あなたってひどい人ね」

根本の家を一緒に出て、相原祥子は言った。「奥さんに、あんな期待を持たせるなんて、残酷だわ」

藍はそれには答えず、

「相原さんも参加されますか?」

と訊いた。

「誰がそんなものに――」

と、反射的に言いかけて、「でも……奥さんが気の毒だし、心配だから、一緒に行くわ。参加費、いくら?」

「未定です。決りしだいご連絡します」

と、藍は言って、「相原さんは知ってるんじゃないですか?」

「――何を?」

「あの噂、しのぶちゃんが元木さんの子だという噂を流したのが誰なのか」

祥子は足を止めて、

「どうしてそんなこと言うの？」

「あなたの怒り方が普通じゃなかったので」

「それは……。元木部長自身でしょ」

「元木さんが？」

「元木部長は、あの邦子さんを好きだったんですよ、高校時代。だから、仕事の上でも根本さんをずっといじめて来た」

「でも、元木さんにはモデルの奥さんが」

「そりゃあ、連れて歩くにはいいでしょう。でも、元木部長が幸せだとは思えないわ」

「夫婦も色々ですよ」

と、藍は言った。

二人は駅に着いて、

「では、これで」

と、藍が言うと、

「待って。——ツアーって、何をするつもり？」

「それはまだこれからです。奥さんが協力して下さるとなれば、変ってくるかもしれません」

「死んだ人の名誉を傷つけないでね」

藍は答えずに、改札口を入って行った……。

3　打合せ

「お待たせして」

藍は一礼した。「資料をまとめておりまして」

〈Mモーターズ〉ビルの一階。広いロビーにあるラウンジで、元木と、そして根本邦子が待っていた。

三日後に迫った〈亡き友を偲ぶツアー〉の打合せのためである。

「──これが主な内容です」

藍は元木と邦子に同じ資料を渡し、「今日までに、三十人以上の申し込みがありました」

「まあ……。そんなに？」

藍がリストを渡すと、元木はザッと眺めて、

「学生時代の友人、仕事の取引先、営業の同僚……。これは大したものだ」

と言った。

「まあ、この社長さんというのは……」

「〈Mモーターズ〉の株主で、車を根本君が売ったんです。他にも顧客が何人もいますね」

「好かれてらしたんですね」

と、藍が言った。

「嬉《うれ》しいですわ。――この〈遠藤真由美《えんどうまゆみ》〉さんって？」

「女子高校生です。うちの常連客で、他にも七、八人います」

と、藍は言った。

「やあ、これは誰かと思ったら、このビルの管理人だ」

と、元木は首を振って、「いや、実に幅広い人たちに愛されていたんだな」

「本当に……」

邦子はハンカチで涙を拭《ぬぐ》った。

「当日までにまだ増えることもありますが、いいツアーになりますわ」

と、藍は言った。

「そうなってほしいものです」

と、元木は肯いた。

「本当に……」

邦子はリストをしみじみと眺めて、「こんなに大勢の方においでいただいたら、きっと主人が現われてくれます」

元木は黙って微笑むと、ケータイを取り出して眺め、

「約束がありますので、私はこれで」

と、立ち上った。「町田さん、何かあればいつでも連絡して下さい」

「かしこまりました」

「では、邦子さん。ここは社の払いになっているので、ご心配なく」

そう言って、元木は足早に立ち去った。

「――高校のころから、元木さんはああいう感じだったんですか？」

と、藍は言った。「もったいない。コーヒー、ちゃんと飲んで行きましょう」

「あの……」

と、邦子が少しためらいながら、「この間は、相原さんがいるのでお話しできなかったんですが……」

「何でしょう？」

「私と元木さんの噂のことです」

「あれが何か？」

「結婚して一年くらいたったころ、確かに私、元木さんと会ったことがあります」

と、邦子は言って、「でも、ホテルへ行ったとか、そんなことはありません」

と、急いで付け加えた。

「というと……」

「そのころ、主人は仕事のストレスでノイローゼになって……。今なら『うつ』というんでしょうね。営業なのに、ほとんど外を回れなくなってしまったんです」

「それで元木さんに？」

「ええ。何しろ朝、出て行っても、お昼前に帰って来てしまって、『疲れた』と言って布団をかぶって寝てしまうんです。このままだとクビになってしまう、と思い、当時課長だった元木さんに相談しに行ったんです」

「それで、どうなりました？」

「そんな時は、思い切って休んだ方がいい、と言ってくれて。三か月、休みを取れるように色々働きかけてくれました。主人はそのおかげで回復し……。そのときに、私は身ごもったんです」

「じゃあ、相原さんがおっしゃるほど――」

「ええ。確かに立場上部下に厳しくすることはあるでしょう。主人の自殺の原因の一つだったかもしれません。でも、元木さんを恨んではいませんわ」

「分りました」

と、藍は肯いて、「お話を伺って、少し気が楽になりました」

そしてコーヒーを飲み干すと、

「おいしいですね、ここのコーヒー」

と言った。


「何かご用ですか」

と、声をかけられて、

「あ、すみません」

と、藍は言った。「ちょっと、この学校に興味があって」

――藍は都内の高校の校庭の隅に立っていた。

「そうですか」

白髪の男性はタオルを首に巻いて、草むしりでもしているようだった。

「どなたもおられないんで、つい中へ入ってしまいました。すみません」

「いや、構わんですよ。もともと学校は開放されているのが当り前です」

「明日の夜、ここへバスで寄るものですから」

「バスで？」

「はい。〈すずめバス〉の町田と申します」

と、名刺を渡して、「中へは立ち入りません。表にバスを停めるだけで」

ここが、元木の企画した〈亡き友を偲ぶツアー〉の出発点なのだ。

「どういうことです？　いや、私はここの校長ですが」

「まあ！　失礼しました」

と、藍がびっくりすると、

「いや、校長なんて、雑用係ですからね」

と、校長は笑った。

「実は――」

と、藍が事情を説明すると、

「ほう……。二十年くらい前にこの高校に通っていたんですね？」

と、校長は言った。「根本と……」

「元木さんです」

少し考えて、

「ああ！」

と、何度も肯くと、「思い出した。根本靖と、元木京介ですな」

「ご記憶ですか」

「教えたことがあります。――そうか。根本が死んだとは」

と、校長は首を振った。「それでここへバスで？」

「そうなんです。元木さんが、ツアーの最初に選んだのが、この高校でした」

「なるほど……」

「お二人は、どんな生徒でしたか？」

「そう……。対照的な二人でしたね。あの二人が友人同士というのがふしぎでした」

「というと……」

「一人は頭の回転が速くて、要領がいい、というか、相手にパッと合せていく。見た目もスマートでスラリとしていてね。女の子たちにはとてももてていましたね。しかし、もう一人は、見た目もパッとしないし、成績も今一つ。よく授業をサボって、姿をくらましていました」

校長は、建物の一つを指さして、「あれが体育館ですが、あの裏に、いつも隠れていたようです」

「体育館の裏ですか……。明日の夜、そこに立ち入らせていただけたら……」

「そうですな……。まあ、構いませんよ」

「ありがとうございます」

と、藍は礼を言って、「卒業してから、そのお二人に会われたことは？」

「いや、ありません。しかし、三十八とは、あまりに若い……」

と、校長は表情を曇らせた。

「校長先生もおいでになりますか？」

「ああ……。そうですな。どんなツアーになるのか、興味はあります」

「よろしければ、七時過ぎにここでお待ちいただければ。——元木さんは今でもスマートで頭が切れますよ」

校長はちょっとけげんな表情で、

「はあ……。高校のころ、スマートで頭が良かったのは根本の方ですよ」

と言った。

4　過去の旅

「そう。——ここでした」

と、元木が言った。

ドライバーの君原《きみはら》が、大きめのライトを手にして照らし出したのは、体育館の裏の空間である。

「今もちっとも変りませんね。雑草が生えていて、埃《ほこり》っぽくて……」

「君はよくここに隠れていたね」

「ええ。小田《おだ》先生、知ってらしたんですか？」

小田先生と呼ばれたのは、今の「校長先生」である。

「もちろんさ。この学校の中のことなら何でも分っていた」

「そうでしたか……。じゃ、隠れてたことになりませんでしたね」

と、元木は笑って言った。

「元木さん」

と、藍が言った。「そのとき座っていた辺りに、座ってみていただけますか？」

「ええ、もちろん。そのためのツアーですからね」

コンクリートの張り出した所に、元木は立て膝をして座った。

「こうしていると、根本がやって来て、励ましてくれたものです」

「まあ……」

邦子が、しのぶの手を引いて立っている。

「主人が元木さんを？」

「あのころのご主人はカッコ良かったですからね。私は太ってて、スポーツも苦手で
……。今でも、ゴルフなんかひどいもんですが」

他の客たちに混ってそれを聞いていた相原祥子は、意外そうな面持ちだった。

「若いころは誰でも、隠れ場所が必要だ」

と、小田が言った。「今でも、ここに来る生徒はいるよ」

「そうですか。——いいことですね」

と、元木は肯いた。

藍は、元木の周囲を気を付けて見ていたが、根本が現われる気配はなかった。

「——では、次の場所へ行きましょう」

と、元木は立ち上って言った。


「あのころは、照明がなくて」

と、元木は言った。「ナイターはできませんでした」

野球のグラウンド。今、照明の下で、高校生らしい子たちが試合をしていた。

「——ここで、高校野球の地区予選があって」

と、元木が言った。

「憶えているよ」

と、小田が肯く。「弱小チームが、なぜか地区予選の決勝まで出たね」

「そうなんです」

と、元木は言って、「邦子さん。根本君は大活躍したんですよ」

「まあ、あの人が？」

「ええ。投げる、打つ、走る……。一人で点を稼いでいました。でも……」

と、首を振って、「同点の九回裏に、私はひどいエラーをしてしまい、負けてしまいました」

「そんなことが……」

「でも、根本君はひと言も文句を言わずに、『みんなよくやったな』と、私の肩を叩いてくれました」

「そうでしたか……」

そのとき、グラウンドを照らしていた照明が突然暗くなり、また明るくなった。

「──藍さん」

と、そばにいた遠藤真由美がそっと言った。

「もしかして、今の……」

「たぶんね。でも言っちゃだめよ」

と、藍は小声で言った。

「さあ、次の場所へ」

と、元木が言った。

「ここは……」

邦子が戸惑ったように公園の中を見渡した。

海を望む広い公園で、今は風も冷たいが、それでも所々、ベンチに恋人たちの姿があった。

「憶えているでしょう?」

と、元木は言った。

「ええ……」

邦子は少し照れたようにうつむいて、「根本が私に結婚を申し込んだ場所です」

そして邦子は元木を見ると、

「でも、どうしてあなたがここをご存知ですの?」

「実は……」

と、元木は微笑んで、「あのとき、私もこの公園にいたんです」

「まあ……」

「私もあなたに憧れていたんですよ、学生のころからね」

「そんなこと、主人はひと言も――」

「口に出しませんでしたからね。でも、根本君からあなたと付合っていると聞いて、じっとしていられなくなり、あの夜、ここまでお二人を尾《つ》けて来たんです」

「じゃあ……」

「ええ。根本君があなたにキスするのを、あそこの木のかげからひそかに覗《のぞ》いていました。そして諦めて、一人寂しく帰った、というわけです」

客たちの間に温《あたたか》い笑いが起った。

冷たい風が吹いて来た。

「バスへ戻りましょう」

と、藍が言ったとき、突然邦子がその場にしゃがみ込んでしまった。

「ママ、どうしたの？」

と、しのぶが言った。

「奥さん！」

と、祥子が駆け寄る。

「大丈夫……。ちょっとそのベンチに座らせて」

藍が手を貸して、ベンチへ連れて行くと、

「軽い貧血よ。相原さん、しのぶをバスへ。風邪をひくといけないから」

「分りました」

他の客たちもバスの方へ戻り、ベンチのそばには、藍と元木だけが残った。

「町田さん……。何だか気分がおかしいんです」

「当然です」

と、藍が肯いて、「幽霊に会っておられるんですから」

邦子は顔を上げて、

「——まあ！」

と言った。

「根本……」

元木が愕然《がくぜん》として、「本当にお前か！」

ベンチの傍《かたわら》に、スーツ姿の男が立っていた。

「あなた……。本当に来てくれたのね！」

「ああ。聞いちゃいられないよ。でたらめばっかり」

と、根本は言った。「邦子、お前だって分ってただろ。元木の話は嘘ばっかりだ」

「あなた……」

「俺は昔からずるくて、人前じゃうまく立ち回って来た。元木とは逆にな」

「根本——」

「学生時代はそれで通った。だけど仕事となると、そうはいかない。俺は初めだけ上手《うま》いことを言って気に入られるが、その内ボロが出る、ってことのくり返しだった」

「あなた……」

「分ってただろ、お前だって。だから俺と離婚しようとしてた」

「知ってたの？」

「ああ、——だけど、俺はそれで死んだんじゃない。元木。すまん。俺は会社の金を使い込んでた」

「三百万だろ。穴埋めしたよ。心配いらない」

「お前はそういう奴だ」

と、根本は苦笑した。「今日のバスの客たちだって、お前が頼んで集めたんだろ？　俺にそんな人徳はない」

「でも」

と、藍が言った。「わざわざ訂正に出て来られたのはご立派です」

「軽蔑されたくなかったのさ、邦子には」

「あなた……。確かに、欠点はあったけど、あなたはしのぶを可愛がってたわ。私、やっぱりあなたを愛してた」

「邦子……。本当か」

「しのぶには、すてきなパパのことを話して聞かせるわ」

「ありがとう」

根本は涙ぐんで、「元木。——邦子をよろしく頼む」

「根本……」

「お前も、結婚相手だけは間違えたな。一番お前に向かないタイプだ」

と、根本は言って、「ああ、もう行かなくちゃな、——邦子、幸せになれよ」

「ええ、きっと……」

根本の姿は、木々の間のかげの中へと消えて行った。

邦子は涙を拭いて、

「町田さん、ありがとう。——あなたのおかげだわ」

「お役に立てて良かったです。元木さん、ツアーを続けますか?」

「ええ。まだ根本君に関する美談は数々ありますから」

「私の根本との思い出を心配して下さったのね」

「邦子さん……」

「ええ。続きを伺いたいわ。元木さんの創作の」

邦子と元木を先にバスへと向わせると、

「ちょっと!　真由美ちゃん」

茂みの中から真由美が立ち上って、

「へへ……。しっかり見た!」

「全く!　どこまで物好きなの?」

藍は真由美の肩を抱くと、バスへと戻って行った。

人のふり見て……

1　通夜

「ねえ……」

隣に座った、バスガイド仲間の常田《つねだ》エミがそっと町田藍をつついた。「これって誰なの?」

もちろん囁《ささや》くような声で言ったのである。

しかし、お通夜の席は静かで、話し合いをするには向いていない。

町田藍はただ黙って肩をすくめただけだった。

藍だって、正面の祭壇でニッコリ微笑《ほほえ》んでいる写真の女性が何者か、全く知らない。

ただ、勤め先の〈すずめバス〉の社長、筒見が、

「ぜひ出席するように」

と、今日になって突然言い出したのだ。

二宮《にのみや》あけみ。――亡くなったのは、そういう名前の、三十代半ばの女性らしかった。

写真は少し若いころ――たぶん二十五、六かと思えるスナップのようで、明るく屈託

のない笑顔を見せている。

その内、藍はお花の中に、〈スペース一同〉という札を見付けた。

あれは確か、社長の筒見がよく行っているバーの名前だ。ということは……。

「ではご焼香を……」

と、声をかけられたが、何しろ寂しい通夜で、せいぜい十人くらいの客しかいない。

立ち上りながら、

「大体、社長はどこなの？」

と、常田エミが言った。

「さあ……」

これも仕事、と思って早々に済ませて帰ろう。——それにしても、見ず知らずの女性のお通夜で、お香典まで出すとは……。

もう一人のバスガイド、山名良子《やまなりようこ》は、

「明日、私、早いの。お通夜はちょっとね……」

そして二人のドライバー、君原と飛田《とびた》は、「寝不足で事故でも起しては、会社に迷惑をかけますから」

と、口を揃《そろ》えて、やって来ない。

しかも、

「お香典、〈すずめバス一同〉にしといてね」

とは口先だけで、結局、藍が一人で三万円を包んだのである。

どうせ他の人は払ってはくれないだろう。といって催促するのも……。

しかし常田エミなんか、こうして出席しておいて、お香典は出さない、というのがみみごとである……。

お焼香の香りが匂って来る。そこへ、

「いや、遅くなって……」

と、受付の方で聞き憶《おぼ》えのある声がした。

「社長だわ」

と、藍が囁く。

筒見が、一応黒のスーツ、ネクタイで入って来た。

「社長、お焼香を——」

「君らが先でいい」

「そうですか」

こんな所でもめたくない。

藍とエミは、二人並んでさっさと焼香を済ませた。

遺族席には、母親らしい白髪の老婦人がぼんやり座っているだけだ。

藍とエミが焼香を終えて、その老婦人の方へ会釈《えしやく》すると——。

それまでぼんやりしていたはずの老婦人が、突然カッと目を見開いて、

「あなた方なの?」

と、問い詰めるように訊《き》いたのである。

「あの……何のお話でしょうか?」

と、藍はおずおずと言った。

「ごまかさないで!」

と、老婦人は拳《こぶし》を握りしめて、「私はあの子の母親です!」

「はあ……」

「あけみを死へ追いやったのは、あなたたちでしょう!」

藍は面食らって、

「お母様、落ちついて下さい」

と、穏やかに言った。「私どもはあけみさんとお会いしたこともなかったんです」

「ごまかしたって、騙《だま》されないわ。あんたたち、ホステス仲間が、寄ってたかって、あの子を殺したのよ!」

「あの——私たちはバスガイドで、ホステスではありません」

「バスガイド?」

「はい。社長の筒見があけみさんを知っていたようですが。今、焼香しているのが――」

と、振り向いた藍は、筒見が焼香して手を合せつつ、何と肩を震わせ、ポロポロ涙を流しているのを見て、唖然《あぜん》としたのだった……。

「人騒がせですよ！」

と、藍は文句を言った。

「そうですよ」

と、常田エミも一緒になって、「私たち、ホステスと間違えられて……」

「すまん。――そう怒るな」

筒見はハンカチで涙を拭くと、「本当にいい子だったんだ……」

――斎場を出た所で、三人は立ち話をしていた。

「二宮あけみさんっていうんですか？　どうして亡くなったんですか」

と、藍が訊く。

「うん……。それが睡眠薬を大量にのんで……」

と、筒見が言った。

「じゃ、自殺したんですか？　あのお母様がおっしゃったのは、そのことですね？」

「そうだろうな」

「〈スペース〉っていうバーのホステスだったんですね？」

「うん。素直で純情で、俺には特に優しかった」

みんなそう思ってるんですよ、と藍は思ったが、そうは言わなかった。

「他のホステスさんたちがいじめてたって、本当ですか？」

「どうかな……。ま、確かに彼女は〈スペース〉ではまだ一年ほどの新人だったが、何しろ三十五にしては若々しく可愛かったから、他の子たちが面白く思っていなかったのは事実だろう。しかし、自殺にまで追い込まれていたとは思えんな」

「ともかく、あんな所でワーワー泣くから、みんな何事かと思ってますよ」

と、藍は言って、「社長、まさか――二宮あけみって人と、深い仲だったとか？」

「それは違う！　あけみはあくまで話し相手だ」

「そりゃそうよね」

と、エミがそっと呟《つぶや》いた。

「でも、どうして〈スペース〉の人たちがお通夜に来ないんですか？」

「いや、それは分らん。――明日の告別式に来るつもりかもしれん」

と、筒見は言って、「町田君、君、明日も出てくれるか？」

「私がですか？　知り合いでもないのに」

「〈スペース〉のママやホステスたちが来るかどうか、見ていてほしい」

「で、どうするんです？」

「いや、どうと言われても……」

「社長が確かめればいいじゃありませんか」

「そうしたいが……。色々仕事があってな」

「でも——」

「まずいんだ。〈スペース〉の払いを大分ためとるのでな」

藍は呆《あき》れて言葉が出なかった……。


筒見はさっさとタクシーを拾って行ってしまい、藍はエミと二人、近くにあったレストランに入って、遅い夕食をとることにした。

レストランといっても、〈定食A〉〈B〉といった気楽な店だった。

「明日、告別式に出るの？」

と、エミに訊かれて、

「まあ……社長命令じゃね」

と、藍は肩をすくめた。

「お香典はもういいのよね」

「二度は出さない」

「ごめんね、私の分。今月苦しくて」

アッサリ言われてしまうと、苦笑するしかない。

「いいわよ。世間の義理だわ」

「ここのご飯もおごってくれる？」

「ちょっと……。分ったわよ」

「サンキュー」

エミは急にニコニコして、「ちょっとトイレに」

と、立って行った。

「あ、ごめんなさい」

エミと入れ違いに出て来た男は、肩がちょっと当ると、エミをジロッとにらんだが、
そのまま、奥の方のテーブルに戻った。
四十五、六というところか。陰気な感じの男だったが……。
「まさか……」

藍は呟いた。

男と目が合って、藍は急いで目をそらしたが——。

男は立ち上ると、藍のテーブルへやって来た。そしてエミの座っていた席に腰をおろ

すと、

「おい、今俺をじっと見てたな」

「いえ、じっと、ってほどでも……」

「見てただろう。ごまかすな」

「はあ。――見てはいました」

「見た顔か」

「いえ、別に……」

「じゃ、どうして見てた。――見憶えがあったんだろ」

「あなたは……手配中の人か何かなんですか？」

「だったらどうだ？」

「別に」

と、首を振って、「あなたを見ていたのは、お顔に見憶えがあるからじゃありません」

「じゃ、何だ？　見とれるほどいい男でもないぜ」

と、男は唇を歪《ゆが》めて笑った。

「あなたに〈影〉が……」

「何だ？」

「〈影〉があなたの周りに。――他の人は分らないでしょうが」

「何の話だ？」

藍はため息をつくと、

「怒られても困るんですけど、あなたの周りに〈死の影〉が」

男は一瞬表情をこわばらせた。しかし、怒りはせずに、

「お前……占い師か」

「バスガイドです」

「バスガイド？」

と、眉を寄せて、「どうして俺のことを――」

「そういう力があるので。でも、〈死の影〉は、まだそんなに濃くありません。逃れられるかも」

「妙な奴だ」

と、男は笑って、「こんな人生に未練はねえよ」

「分りませんよ。希望だって見付かるかもしれません」

「まあ、無理だな」

と、男は言って、「――そうか、思い出した。週刊誌で読んだぞ。〈幽霊と話のできるバスガイド〉ってのはお前か」

「まあそうです。いつもじゃありませんけど」

「じゃ、一人呼んでくれ。二宮あけみって女の幽霊を」

「私は霊媒じゃありませんから、呼び出すことはできません」

「何だ、そうか」

「でも、二宮あけみさんのお通夜の帰りです」

男は改めて藍を眺めると、

「──そうなのか。あいつを知ってたのか」

「直接には存じ上げていませんでした」

と、藍は言った。「あなたは、二宮さんと……」

「あけみは俺の女房だった」

「まあ」

「俺は牧野修《まきのおさむ》。あけみの通夜を外から見たよ」

「牧野さん……。ご病気ですか」

「その〈影〉ってやつか？　もう先は長くないんだろ」

「私は医者じゃありませんから。でも、ちゃんと治療すれば治って……」

「面倒だ。生きてくのもな」

と、肩をすくめ、「早いとこ殺してくれ」

「私は死神じゃありません」

「役に立たねえ奴だな」

「牧野さんとおっしゃいましたか」

「ああ」

「明日の告別式には――」

エミが戻って来ると、

「お知り合い？」

「いや、もう帰るところだ」

牧野は立ち上ると、「じゃ、失礼するぜ、占い師さんよ」

「占い師じゃありません」

と、藍は言い返した……。

2　出現

「ここまで来たら、諦めて下さいよ」

と、藍は言った。

「いや、しかし……」

筒見がぐずぐずして、「払いが悪いと化けて出るかも」

「ためるからいけないんでしょ」

「町田君」

「何ですか？」

「君はわが〈すずめバス〉の誇りだ」

「何です、急に？」

「頼む。支払い、立て替えてくれ」

「社長……」

――翌日、筒見も、

「やはり、可愛いあけみをちゃんと見送ってやらんと」

と言い出して、二人して斎場へやって来たのだが……。

「ゆうべ会ったかもしれなかったでしょ、バーの人たちに。そしたらどうするつもりだったんですか？」

「明日まで待ってくれ、と言うつもりだった。しかし今日は――」

二人は斎場の入口でもめていたのだが、タクシーが一台入ってくると、黒いスーツの女性が降りて来た。

筒見が大きく目を見開いて、

「出た！」

「社長――」

「あけみ！」

藍は、その声に振り向いた女性を見て、ちょっとびっくりした。確かに写真の女性とそっくりだ。

「落ちついて下さい」

と、藍は言った。「幽霊はタクシーに乗って来ませんよ」

「しかし……」

「失礼ですが……」

「姉のお知り合いですか」

と、その女性が言った。

「お姉さん？」

「二宮のぞみといいます。あけみとは双子の姉妹で」

「そうでしたか」

「双子？」

筒見は愕然《がくぜん》として、「そうか。――双子の妹がいると聞いたことがある」

「しっかりして下さいよ！」

と、藍は筒見の背中を叩《たた》いた。

告別式の受付に行くと、

「キャッ！」

と、受付の女性が二宮のぞみを見て飛び上った。

「ご心配なく。――のぞみさん、先に中の方々に申し上げた方が」

「そうですね」

お化け騒ぎになっても困る。

藍は一足先に斎場へ入ると、母親の二宮ユキのところへ行って、

「妹ののぞみさんが」

と告げた。

「まあ、来たんですか」

と立ち上った。

藍は、マイクの前に立つと、二宮のぞみが来たことを告げて、

「双子の妹さんです」

と言った。

それでも、のぞみが入って来ると、居合せた人々がざわついた。

そして、びっくりすることが起きた。

奥のカーテンのかげから、小さな女の子が駆け出して来ると、

「ママ!」

と言って、のぞみに抱きついたのである。

「まあ……」

のぞみが当惑して、「お母さん――」

「その子……由美《ゆみ》っていうの」

「姉さんの?」

「ええ……」

「そうだったの。――知らなかった」

「……ママじゃない?」

さすがに、子供には分るようで、由美はいぶかしげにのぞみを見上げた。

「私はおばちゃんよ。のぞみっていうの」

「ふーん……。ママは?」

「四歳なの」

と、二宮ユキが言った。「まだよく分らないようでね……」

――ともかく、二宮のぞみが由美の手を引いて、ユキと並んで座ることで、落ちついた。

ゆうべと違って、今日は人が多かった。

筒見も、目立たないように奥の方の席に座っている。

藍は、表にチラッと牧野の姿を見て、急いで出て行った。

「――牧野さん」

「ゆうべの占い師か」

「妹さんが……」

「妹？　――アメリカにいるとか言ってた」

「ともかく入ったらどうです？」

と、藍は言って、「由美ちゃんって、あなたの子ですか？」

「何だって？」

「四歳だそうですよ」

牧野が愕然として、斎場の中へ大股に入って行った。

牧野が二宮のぞみたちの前に進み出ると、

「まあ。――牧野さん！」

と言ったのは、のぞみだった。

藍は、斎場の入口から、その様子を見ていた。

母親の二宮ユキの方は牧野を知らなかったらしい。

「この人が？」

と、のぞみの方へ訊いている。

「うん。姉さんの元亭主」

と、のぞみは言った。

冷ややかに牧野を見ている。いい感情を持っていないことは誰の目にも明らかだった。

「のぞみちゃんか」

と、牧野は言った。「まるであけみが生き返って来たようだな」

「残念ながら別人です。それに、牧野さん、よくここへ来られましたね」

「元女房だぞ。来て悪いか」

「恥を知りなさい。あなたのせいで――」

と言いかけて、のぞみは、「いいわ。ここで言うことじゃない。帰って下さい」

「待ってくれ。その子のことだ」

「由美ちゃんはあなたの子じゃありません」

「しかし、四歳ってことは――」

「やめて！　由美ちゃんの前で」

牧野は深く息をつくと、

「――分った」

と肯《うなず》いた。「焼香だけさせてくれ。すぐ帰る」

「どうぞ。姉が喜ぶとは思えませんけど」

と、のぞみが言うと、

「他人に分るか、夫婦のことが」

と、牧野は言い返した。

そして牧野は遺影の前で手を合せると、またのぞみたちの方へ戻って、

「――はっきりさせよう」

と言った。「今夜、会いに行く」

のぞみは何も言わなかった。

すると、ちょっと首をかしげた由美が、

「この人、だあれ？」

と言ったのである。

「知らないおじさんよ」

と、のぞみが由美の手を握る。「放っとけばいいの」

牧野は何か言いたげにしたが、何とか呑《の》み込むと、立ち去ろうとした。そのとき由美が、

「この人、パパ？」

と言った。

牧野がハッと振り向く。

「違うわよ」

「でも、お写真で見たことある」

と、由美は牧野を指さして、「ママ、『この人がパパよ』って言ってた……」

牧野が顔を紅潮させて、立っていた。

藍は歩み寄ると、

「今は遠慮して下さい」

と、牧野へ言った。「他の人の目があります」

牧野は息をついて、

「分った。今は失礼する」

と言うと、斎場を出て行く。

「のぞみ……」

と、ユキが言いかけると、

「お母さんは黙ってて」

と、のぞみは遮《さえぎ》った。「私に任せてくれればいいの」

「でも……」

そのとき、斎場にゾロゾロと一見して水商売という服装の女性たちが入って来た。

四人——いや、五人いる。

「いい写真ね」

と、一人が正面の遺影を見て言った。

「本当だ。くたびれてない」

と話しながら正面へと進んで来たが、ふと一人がのぞみに気付くと、足を止め、ポカンとして、

「——うそでしょ」

と言った。

「え？」

他の面々も、のぞみを見ると、ややあって、

「出た！」

「お願い！　成仏《じようぶつ》して！」

「ごめんなさい！　許して！」

と、その場に腰を抜かして座り込んでしまった。

のぞみが立ち上ると、藍は手で制して、

「皆さん」

と、ホステスたちの前に進み出て、「あの方は二宮のぞみさん。亡くなったあけみさ

んの双子の妹さんです」

「――双子」

「まあ……」

五人はヨロヨロと立ち上って、

「びっくりした！」

「そっくりね、本当に……」

と、口々に呟くと、急いで焼香して、そそくさと斎場を出て行く。

おかげで、筒見に支払いを請求するどころではなくなった。

「――じゃ、私、ここで」

と、ホステスの一人が斎場を出たところで言った。

「ああ、何かあったんだっけ」

「子供の遠足が。帰りに迎えに行かないと」

「分ったわ。来られるようなら連絡して」

「ええ」

四人が足早に立ち去ると、残った一人は少しの間、立って迷っている様子だった。

「失礼ですが」

と、藍は声をかけた。

「ああ、さっきの……」

「ちょっとお話をうかがっても？」

「私に？」

藍は肯いて、

「お一人だけ地味な服装でいらしたので、たぶん別の所へ行かれるのだな、と思って。聞いていました。お子さんの遠足で」

「ええ。――あなたはどなた？」

「筒見の会社で働いているバスガイドです。町田藍と申します」

「ああ、筒見さんの……。そういえば、さっき見かけたわね」

「少しお時間はありますか？」

と、藍は訊いた。

3　大人の時間

「今、娘は十一歳。小学五年生なの」

須山紘子《すやまひろこ》というそのホステスは言った。「娘は京子《きようこ》っていうの」

ケータイを取り出して、写真を見せる。

「可愛いですね」

と、藍は微笑んだ。

斎場の向いにある喫茶店に、二人は入っていた。

「——でも、びっくりしたわ」

と、須山紘子はコーヒーを飲みながら、「本当に化けて出たのかと思った」

「伺いたいのは、そのことです。亡くなった二宮あけみさんには、あなた方を恨むような理由があったんですか?」

紘子はちょっと目をそらした。

「それは……考え方じゃない? こっちにその気がなくても、向うがどう思うか……」

「やはり何かあったんですね」

「まあね」

紘子は嘆息して、「でも、まさかあけみちゃんが睡眠薬を飲んで……。誰もそんなことと、考えもしなかったのよ」

と言った。

「どうして?」

と、一斉に声が上った。

バー〈スペース〉の開店前の静けさを破ったのは、ホステスたちの抗議の声だった。

みんなが月給をもらって、その支給額を見たのである。

「先月、あんなにお客入ったのに！」

「そうよ。私たちみんな、お店の目標額、クリアしたじゃない！」

「それなのに、どうして前の月よりお給料が減ってるの？」

口々に文句を言うホステスたちへ、

「待ってよ」

と、店のママ、小百合《さゆり》が両手を上げて、「私だって減ってるわ。オーナーは数字しか見ないしね」

「だけど……」

「私に言われても困るわ。確かに、お客は多かったけど、高いお酒を頼む人があんまりいなかったってこと」

「そんな……」

「まあ、頑張ってよ。私もオーナーによく言っとくから」

と、小百合が言った。「──あ、電話だわ。──もしもし」

小百合がケータイを手に奥へ入ってしまうと、またホステスたちは不平を並べた。

すると、一番新しい二宮あけみが、

「私、ちょっと銀行に行って来ます」

と、ロッカールームの方へと急いで入って行った。

残ったホステスたちは、仏頂面《ぶっちょうづら》でため息をついていたが――。

「あけみはどうなんだろ」

と、一人が言った。

「どういうこと?」

「一人だけ、文句言ってなかったよ」

「本当だ。――明細見てニヤニヤしてた」

「あの子、私のお得意を三人も取ったのよ」

「一人だけいい思いしてんだわ、きっと」

たちまち、話は「あけみだけがいい思いをしている」と盛り上った。

そして、

「私たちの給料が下ったのはあけみのせい」

ということになるのに、三分とかからなかった。

紘子は、自分も一人で京子を育てているので、

「でも、子持ちは大変だし……」

と、小声で言ったが、無視された。

「これは黙ってられないわね」

と言ったのは、一番の古顔、洋子《ようこ》だった。

「ちょっと若くみえて可愛いからって、いい気になってる」

「そうね。少し痛い目にあわせてやった方が」

「暴力はまずくない？」

「馬鹿ね。本当に殴りゃしないわよ」

「ね、紘子」

と、洋子が言った。「ゆうべ高野《たかの》さんがお財布忘れてったでしょ」

「ええ。札入れね。座席に落ちてた」

「持ってる？」

「ロッカーに。後で電話してあげようと思ってる」

「それ持って来て」

「どうして？」

「いいから！」

紘子は、ロッカーから分厚い札入れを持って来た。

「厚みあるわね！」

と、みんなが目を輝かせる。

「あの人、いつも言ってるわ。『男なら現金を百万は持って歩かんと』って」

「百万入ってるの？」

「いいえ。でも、七十万くらい入ってる。数えちゃった」

と、紘子は笑った。

「それ、こっちへ」

と、洋子は受け取ると、「いい？　この札入れのことは誰も知らないことにするのよ」

「でも……」

「私に任せて」

と、洋子は薄笑いを浮べて言った。

「もしかして、その札入れをあけみさんのロッカーに？」

と、藍は訊いた。

「いいえ」

と、紘子は首を振って、「テーブルの下に落としておいて、あけみちゃんに見付けさせたの」

「それで……」

「あけみちゃんは、高野さんが心配してるだろう、ってすぐ電話して、高野さんは飛んで来た。見付かって良かった、ってニコニコしてた……。でも……」

紘子は首を振って、「中のお札を数えると、カンカンになって怒り出したの。二十万円、失《な》くなってる、って言って」

「そうでしたか……」

「『この店は泥棒を飼ってるのか！』って、凄《すご》い剣幕だったわ。小百合さんが出て来て謝ったけど、高野さんは警察へ届ける、と言い出すし……」

「それであけみさんに疑いがかかったんですね」

「もちろん、当人は絶対にそんなことしてないって泣きながら訴えたけど……。ともかく小百合さんが店のお金で二十万円を埋めて、でも、高野さんはおさまらず……。みんなで寄ってたかって、あけみさんに『謝りなさい！』って迫ったの。あけみさんは『お金を盗んだりしない』って言い張ってたけど、ともかくその場が収拾つかないんで、とうとう床に正座して頭を下げたの」

「可哀そうに……」

「ええ。私もいやだったわ。——そして、ちょうどそのときにね、由美ちゃんがお店に入って来たの。お母さんが土下座してるのを見てしまった……」

紘子はため息をついて、「四歳だから、少しは分るでしょ。『ママ、どうしたの？』って、ふしぎそうな顔してたわ」

「あけみさんも辛《つら》かったでしょうね」

「ええ……。でも、まさか……」

「あけみさんが薬をのんで死んだのは？」

「その三日後よ」

「じゃ、ついこの間のことなんですね」

と、藍は肯いて、「あけみさんに本当のことを言わなかったんですか？」

「話してあげようとは思ったわ。でも……何といっても、洋子さんが怖かった。小百合さんのお気に入りだったし。もし、あれが洋子さんの考えたことだった、って話したら、あけみちゃんが怒って洋子さんに何か言いに行くだろうと思ったの。私も、仕事が失くなったら娘を育てられないし……」

くどくどと言いわけをしたものの、紘子は気が咎《とが》めている様子だった。

「でも、紘子さん、人一人、死んだんですよ。やはり償いはするべきです」

「ええ、確かにね」

「もちろん、あなた一人じゃなく、みんなで、ですね」

「どうやって？　もうあけみちゃんは死んじゃったのよ」

「私が何とかします」

と、藍は言った。「力を貸して下さい」

「でも……」

「大丈夫です。——決して損はしませんよ」

藍は微笑んで、「幽霊のホステスのいるお店って、話題になると思いません?」

4　身替り

「何だ、今日は違う奴か」

高野は待っていたハイヤーのドライバーを見て言った。

「はあ。いつものが風邪ひいてまして」

「ふん、行先は分ってるんだろうな」

「はい、大丈夫です」

高野は、都内のホテルでのパーティに顔を出すと、三十分ほどで出て、ハイヤーを呼び出した。

「——おい」

と、乗り込んで、言いかける。

「〈スペース〉ですね」

と、ドライバーが言った。

「分ってるじゃないか」

高野は笑って言った。

パーティで大分飲んでいた。ハイヤーが走り出すと、じきにウトウトしてしまった。

ふっと目を覚まして、

「今、どこだ？」

と、欠伸《あくび》しながら言うと、

「もうじきです」

隣に女が座っていた。高野はびっくりして、

「おい！　誰だ、お前？」

女は高野を見て、

「お忘れですか、もう」

と言った。

「――あけみ」

高野は目をみはった。「化けて出たのか！　俺は何も――」

と言いかけて、

「そうか！　聞いたぞ、洋子から」

と、引きつったように笑うと、「双子の妹だな？　そっくりだと言ってたが、本当だ

な」

　女は黙って微笑んだ。

「――俺を脅かそうたって、そうはいかん。俺はな、幽霊より、もっと怖い世界で生き残って来たんだ。残念だったな」

　と、高野は言った。

「〈スペース〉です」

　と、ドライバーが言った。

　バー〈スペース〉の前に車が着く。

　高野は、ドライバーがドアを開けると、

「お前もぐるか？」

　と、車を降りて訊いた。

「何のお話で？」

「とぼけるな！　あの女を乗せたろう」

「女といいますと？」

「中にいる。ほら――」

　と、高野は車の中を覗《のぞ》き込んだが、中は空《から》だった。

「いつの間に逃げたんだ！　――まあいい。俺はそんなことで怖がったりせんぞ」

と、高野は言って〈スペース〉へと入って行った。

「あら、高野さん、いらっしゃい」

と、洋子が迎える。

「何だ、ずいぶん客が多いな」

「奥のテーブル、ちゃんと取ってありますよ」

と、洋子は案内して、「幽霊見物の人たちなの」

「何だ、それは？」

そこへ、

「私がご説明します」

と、藍が進み出た。「〈すずめバス〉のツアーなんです」

藍も今夜はバスガイドの制服である。

事情を聞くと、高野は笑って、

「子供だましだな！　俺のハイヤーにあの双子の妹を乗せたのも、お前の差し金か」

「それは――」

と、藍が言いかけると、

「藍さん。のぞみさんが来たよ」

と、セーラー服の遠藤真由美がやって来る。

「何だ、コスプレのホステスか？」

と、高野がニヤニヤして、「可愛いじゃないか」

「本物の高校生です」

と、真由美は言った。「手を出したら逮捕されますよ」

「のぞみさん！」

と、藍は言った。

「ごめんなさい」

と、のぞみは息を弾ませて、「電車が事故で停っちゃったの。駅の間だったんで、降りることもできなくて」

「のぞみさん。こちらが高野さん」

「ああ……。初めまして、二宮のぞみです」

「とぼけるな」

と、高野が言った。「俺のハイヤーに黙って乗って来たくせに！」

「何のお話ですか？」

と、藍が言った。

「まあいい。——ロックをくれ」

「はい！　ロックね」

と、洋子が声をかける。

すると――店内の明りが消えて真暗《まつくら》になる。

「これも演出か？」

ザワついていると、明りが点《つ》く。

「――お待たせしました」

高野の前に、札入れが置かれた。

「おい……」

そこには、さっきの車の中と同じ、ホステスの衣裳の女が立っていた。

「早替りだな」

と、高野は笑って、「この札入れ、いつの間に……」

「数えて下さい」

「何だ？」

「ちゃんとあるか、数えて下さい」

「お前は――」

「高野さん」

と、藍が言った。「あけみさんにそこまで辛く当ったのには、理由があるんですよね」

「何だと？」

「こちらの洋子さんと組んで、あけみさんを追い出す計画だった」

「馬鹿言え！　札は抜かれてたんだ」

「おかしな話です」

と、藍は言った。「盗むつもりなら、初めから札入れそのものを隠せば良かったんです。しかも、一枚二枚でなく、二十枚も一万円札を抜けば分るに決っている。誰がそんなことをします？」

「それは……」

「もし、札入れを見付けたのをホステス仲間に見られていたら、盗むのをやめるでしょう。――あけみさんを自殺へ追いやったのは、あなたたちです」

「言いがかりだわ！」

と、洋子はいきなり立った。

「この隣の通りの〈R〉ってお店で聞きました。あけみさんを欲しがっていたそうですね。土下座までさせられれば、あけみさんもすぐ移るだろう、と思ったんでしょ？　洋子さんも一緒に移る約束だったとか」

「そんな……」

洋子が青ざめた。

「まさか、あけみさんが自殺するとは思ってなかったんですね」

「知らないわ」

と、洋子は仏頂面で、「大体、何よ、そんな身替りを出して来て。誰も怖がりゃしないわよ」

「そうですか？」

藍は振り返って、「のぞみさん」

と呼んだ。

のぞみが、由美の手を引いて現われる。

バーの中は静まり返った。――あけみが、ちゃんと高野の隣に座っている。

突然、凍りつくような冷気が店の中に流れ込んだ。明りが消えて、あけみだけが青白い光に包まれていた。

「――まさか」

「馬鹿な！」

と、高野が身震いして、「どうなってる！」

「謝って下さい」

と、あけみが言った。「あの子の前で、悪かった、と詫《わ》びて下さい」

「あけみ……」

「さあ」

あけみの手が高野に触れる。その冷たさに、高野は悲鳴を上げて、

「分った！――すまなかった！」

と、床に膝をつくと、深々と頭を下げた。

「――由美ちゃん」

と、のぞみが言った。「ママは何も悪くなかったのよ。分った？」

「うん」

と、由美は肯いて、「ママ、帰って来るの？」

「いいえ、由美。――ごめんね。でも、のぞみおばちゃんもいるし、パパもいるでしょ」

「うん」

「牧野さんは体を治さないと」

と、藍が言った。「連れて行かないであげて下さい」

「ええ。少し寂しいけど。――のぞみ、由美をお願い」

「分ってるわ」

と、のぞみが涙ぐむと、「もう会えないの？」

「これでいいの。――これで」

と、あけみが言って、店の中が再び真暗になると――明りが点いたとき、もうあけみの姿は消えていた……。

「俺は帰る！」

と、高野が逃げ出すと、洋子は、

「待って！　私を置いてかないでよ！」

と、あわてて追って行った。

「――藍さん」

と、真由美が目をパチクリさせて、「今の、トリック？」

「いいえ。あけみさん、元々霊感の強い人だったのね。私が苦労しなくても、出てくれたわ」

店内に一斉に拍手が起った。

「――このお店、評判になるわね、きっと」

と、のぞみが言った。

「でも、もう出ないわよね」

と、紘子が言った。「――のぞみさん、ここで働く気、ありません？」

藍は、真由美へ、

「さ、高校生は帰るのよ」

と、肩を抱いて言った。

「つまんないな。早く大人になりたい」

と、真由美が口を尖《とが》らす。

すると、由美が、

「私も」

と言って、店内は明るい笑いに包まれたのだった……。

乙女の祈りは永遠に

1　遺品

「最後に——」

と、太った弁護士は、ハンカチで汗を拭って言った。「水上亜里《みずかみあり》さんへ……」

黒いワンピースの娘がびっくりしたように顔を上げ、

「あの——水上《みのえ》亜里ですが」

と言った。「私のことでしょうか？」

「や、失礼。〈みのえ〉と読むんですか？」

「はあ。もし私のことでしたら。でも……」

「遺言状には、『私の人生の最後の友となってくれた、やさしい水上亜里さんへ』とあります」

「まあ……」

「この子はただのお手伝いよ」

と、口を尖《とが》らして言ったのは、不機嫌そうな顔の女性で、「一体何を遺《のこ》したの？」

金目の物なら許さない、という思いがこもっていた。

『私の枕元にあったオルゴールを贈ります』とのことです」

「オルゴール？　そんな物、あった？」

「はい」

と、水上亜里は肯《うなず》いて、「ずいぶん古い物でした。〈乙女の祈り〉の曲の……」

「そういえばあったな」

と、顔色の良くない男が肯いて言った。「何だか、ちょっと調子外れの……」

「ええ。途中でちょっと音が狂ってるんです」

と、水上亜里は言った。「でも、奥様はいつも、『これは私が小さいころから、ずっと持っているのよ』とおっしゃって……」

弁護士は、古びた居間に集まった人間たちを見回して、

「では、故人のご遺志でもあり、オルゴールを水上亜里さんに差し上げるということでよろしいですか？」

と言った。

少しの間、微妙な沈黙があった。

「――いいじゃないか」

と、顔色の悪い男が口を開いて、「お袋の最後の二年間、結局俺も由利《ゆり》も、一度も顔

を出してないだろ。ずっと面倒をみててくれたのは亜里ちゃんだ。古いオルゴール一つぐらい……」

「兄さんは女の子に甘いんだから」

と、尖った声で、「でも――ま、いいでしょ」

「では、特にご異存ないものということで」

弁護士はホッとした様子で、「では、これで、遺言状にある品物についてはすべてご指示の通りということで……」

――実際、ここに集まっていた人々は、古ぼけたオルゴールのことなど、気にもしていなかった。

問題は、このだだっ広くて古い屋敷と土地が、いくらぐらいの値打なのか、そして、今村啓子《いまむらけいこ》が八十八歳で死んでひと月、どれほどの遺産を遺してくれたのかということだったのである。

「こんな古い家具なんて、使えやしないし、処分するのだってお金がかかるわ」

と言ったのは、原《はら》由利だった。

今村啓子の長女で、夫の原和由《かずよし》は入院中であった。由利は五十五歳。

五つ年上の兄、今村真人《まさと》は、顔色が悪く、いかにもアルコールで肝臓をやられたと誰でも分った。

「銀行預金は？」

と、原由利がズバリと訊《き》いた。「現金よ、一番ありがたいのは」

「それは今から資料をお渡ししますので」

――太って汗かきの弁護士は、平良介《たいらりようすけ》といった。今村家の様々な問題の解決に当ってきて、今は今村啓子の遺言状の公表を任されていたのである。

「これが、今村啓子様名義の預金一覧でございます」

プリントされた紙が、今村真人と原由利に渡された。真人の手もとを覗《のぞ》き込んだのは、妻の彩子《あやこ》と息子の忠《ただし》だった。

そして由利の手もとは――誰も覗き込まなかった。二十七歳になる娘、僚子《りようこ》も居合せたが、母親の手にした紙には関心を示さなかった。

十秒ほどの沈黙の後、口を開いたのは由利だった。

「――これだけ？　たった八百万？」

「さようで」

と、平は、何か言われることを予期していたのだろう、早くも汗をかいていた。

「そんなわけないでしょう！　父が亡くなって、会社の株を売って……。一億以上はあったはずよ！」

「確かに、その時点では一億円ほどございました」

と、平はハンカチで汗を拭って、「しかしもう二十年近くも前のことで……」

「いくら二十年だって――。兄さん！　何とか言ったら？」

「ああ……。俺も正直、拍子抜けだ」

と、真人は言った。「しかし、平さんがそう言うんだ。本当なんだろ」

「私は納得できないわ！」

と、由利は一段と甲高《かんだか》い声を出して、「どこか他に預けてるか、現金で隠してるかだわ」

「お言葉ですが、由利様」

と、平は言った。「啓子様はこの七年、寝たきりだったのです。お金をどこかへ預けようとなされば、私に分らないはずはありませんし、ましてや現金を隠すなどということができるわけがありません」

「それにしたって……。寝たきりの母がそんなにお金を使う？　おかしいじゃないの」

「そうおっしゃられても……」

由利は顔を真赤《まっか》にして平をにらんでいたが、やがて、居間の隅の方に控えている水上亜里の方をゆっくりと振り返って、

「そうね……。母のお金に手を付けられたのは……。いつも母のそばにいて、買物も、頼まれごとも好きにできた……」

亜里が目を見開いて、

「あの……私は何も知りません！」

と、首を振った。「啓子様からは毎月決った額のお給料をいただいただけです。それも平先生の手続きされた銀行口座への自動的な送金です」

「その通りです」

と、平も肯いたが、

「そんなわけないわ！　この子の持物を全部調べるのよ！」

と、由利は立ち上って、「兄さん、この子を裸にして隅から隅まで調べて！」

「やめて下さい！」

亜里は怯《おび》えて身を縮めると、「私は何も知りません！」

「騙《だま》されるもんですか！　彩子さん、兄を手伝って、その子を押え付けて」

真人の妻、彩子は由利の剣幕に唖然《あぜん》としていた。息子の忠が、

「叔母さん、僕がやるよ」

と、愉快そうに立ち上った。「隅から隅まで、調べてやる」

忠は亜里を裸にできることが愉《たの》しくて仕方ないようだった。

「そんなひどいこと……。平先生！　やめさせて！」

と、亜里が震える声で叫んだ。

「余計な口を出さないで」

と、由利は平をジロッと見て、「それとも、あなた、この子とぐるになって？」

「そんな……」

「そう思われたくなければ、黙ってて」

と、由利は言って、「さあ、始めましょう」

と、一歩踏み出そうとしていた。

そのとき、

「やめなよ、お母さん」

と言ったのは、由利の娘、僚子だった。

「僚子？」

「みっともないよ。やめて」

「あんたは――」

「調べて何もなかったら、訴えられるよ」

僚子は肩をすくめて、「八百万、あるんだったら、それをどうするか、話し合ったら？」

由利は何か言いかけて、やめた。

「――僚子さんのおっしゃる通りです」

と、平が言った。「由利さんのお気持も分りますが、現実は受け容れて下さらなくては」

僚子の冷静なひと言が、燃え上った火に水をかけたようで、由利も力なく座り込んでしまった。

「何だ、つまらねえ……」

と、口を尖らしたのは忠で、僚子はジロッと忠の方を見ると、

「いい年齢《とし》して何よ。婦女暴行で捕まるところよ」

と言った。

「何だと、この――」

「よせ」

と、真人が息子を止めて、「分った。由利の所は、旦那も入院してるし、大変だからな。八百万の預金は……、お前に五百でどうだ。俺は三百でいい」

由利は真人を見ると、

「何ですって？　『俺は三百でいい』？　兄さんはお父さんの会社を受け継いだのよ。私なんか、何ひとつもらってない！　八百万は私のものよ！」

と、かみつきそうな声を出した……。

「やれやれ……」

平弁護士は汗を拭って、「君もとんだ災難だったな」

「いえ……」

水上亜里は、空《から》になった居間を見回して、

「皆さん、大変なんですね」

「金が絡むと、仲良しの兄弟が別人のようにいがみ合ったりするんだ」

「怖いですね、お金って」

「全くだ。——さ、これは君のものだ」

平が、古びたオルゴールを差し出すと、亜里は両手でそっと受け取って、

「大切にします。——本当によくして下さったんですもの」

亜里はオルゴールの蓋を開けた。

少しさびついた音が、〈乙女の祈り〉のメロディを奏で、広い居間にその調べが広がって行った……。

2　ツアー

「たまには、こんな楽な仕事もなくてはな!」

と、上機嫌で言ったのは、筒見社長。

社長といっても、〈すずめバス〉は、超大手の〈はと〉とは何桁も違う弱小企業。

大手と同じような企画では太刀打ちできない、と「ユニークな企画で行くしかない！」が筒見の口ぐせ。

おかげで、町田藍をはじめとするバスガイドは、しばしばとんでもないツアーに添乗させられる。

「——どこの仕事ですか？」

と、ガイドの山名良子が訊いた。

「ほら、今評判になってるだろう。〈乙女の祈り〉ってクッキーの店」

「ああ、おいしいんですよね。今、大手のデパート、たいてい入ってて……」

「そこの社員旅行だ。うちのバスすべて貸し切りたい、ってことだ！」

すべてったって、二台しかないのだが。

「でも……」

と、同じガイドの常田エミが眉をひそめて、「どうしてうちみたいな所に？　もっと大手でいくらでもあるのに」

「きっと、凄《すご》く値切るつもりよ」

と、山名良子が言った。「社長、ちゃんとその辺、確かめてから引き受けて下さいね」

「俺だって、そこは抜かりない」

　と、筒見は胸を張って、「基準通りの料金で、ということになってる」

「怖いわね」

　と、山名良子はエミと顔を見合せて、「とんでもなく酔って乱れるんじゃない？」

「私たち、ホステスの代りかもね」

「何泊ですか？」

　と訊いたのは町田藍。

「三泊四日で、K温泉にずっと滞在だ。その付近の観光はあるが」

「そんなうまい話、あるかしら」

　と、良子はあくまで不信感を隠さない。

「でも、さっぱりお客のいない時期ですもの。どんなツアーでもありがたいでしょ」

　と、町田藍は言った。

　今日も、企画したツアーに申し込みは二人しかなく、流れてしまったので、全員本社兼営業所で時間を潰していたのである。

　三人のバスガイドだけでなく、二人のドライバー、君原と飛田も、スポーツ新聞など広げている。

　すると、入口の戸が開いて、

「こんにちは！」

「あら、真由美ちゃん」

学校帰りのセーラー服。遠藤真由美は〈すずめバス〉のお得意さまである。

藍とも親友同士の間柄。

「どうしたの？　今日は真由美ちゃんの行くようなツアーはないわよ」

と、藍が言うと、

「そうじゃないの。今日はお客を連れて来てあげた」

「お客？」

真由美の後から入って来たのは、明るい色のスーツを着た若い女性だった。

「社長さんに話が行ってると思うけど」

と、真由美は言った。「〈乙女の祈り〉って、クッキーのお店の社員旅行」

「ええ。今もその話をしてたの」

「〈乙女の祈り〉の社長さん、うちの父と知り合いで、相談されたんで、ここを推薦したといいたの」

「まあ、そうだったの。——助かります」

と、藍は立ち上って真由美に一礼した。

「すると、あんたは総務の人？」

と、筒見が立ち上って、「ちょうど良かった。料金とか、細かいことを詰めておきたかったんだ」

「はあ……」

その女性は、ちょっと困ったような表情になった。

「社長さん」

と、真由美がニヤニヤしながら、「こちら、〈乙女の祈り〉の社長、水上亜里さん」

一瞬、間《ま》があって、全員が一斉に立ち上ると、

「失礼しました！」

と、時ならぬ合唱を披露したのである。

「すると、たった二年で、あそこまで事業を拡大されたんですか！　いや大したもんだ」

筒見が必死で持ち上げている。

「——亡くなるまでお世話していた今村啓子様が、とてもクッキーをお好きで」

と、亜里は言った。「一度、私が焼いてお持ちしたクッキーをとても気に入って下さったんです。で、それ以来よく作ってさし上げたものですから。そのことを思い出して、小さなお店を立ち上げたら、こんなことに……」

と、水上亜里は言った。

「すてきなことですね」

と、藍が言った。

「たまたま運が良かったんですわ」

と、亜里は照れたように微笑《ほほえ》んだ。「それにお店の人たちが本当によく働いてくれて。

——そのお礼に、と旅行を企画したんです」

「すべて、我が〈すずめバス〉にお任せ下さい！」

と、筒見は胸を張った。「〈すずめバス〉のガイド、ドライバーは大変に優秀で、決してご期待に背くようなことはありません」

「たった五人しかいないのに」

と、山名良子が笑いをかみ殺して呟《つぶや》いた。

「で、大体の見積りですが……」

と、筒見が即席の見積り書をテーブルに置くと、

「それで結構です」

と、亜里は見ようともせずに言った。

「は？」

筒見の方が呆気《あっけ》に取られて、「しかし——よくご覧いただいて、値切るべきところは

値切って──」

「真由美さんから伺ってます。〈すずめバス〉はとても良心的な会社だと」

「いや……それはまあ……」

と、筒見が口ごもる。

「水上さん」

と、藍は笑って、「社長は予想した料金に値切られるのを考えて、もともと二割増しくらいにしてるんです」

「そうそう！　少しは値切らんと。これからもそうしないと大金ですぞ」

と、筒見が忠告している。

「じゃ、二割引してあげて」

と、真由美が言った。

「でも、真由美さん、それじゃ──」

「いいのよ。でも、そうね。──一割だけ引いて、後は『用心棒代』ってことで」

「『用心棒代』って？」

「つまり」

と、真由美はニコニコして、「このツアーを襲撃しようとしてる連中がいるの」

「どういうこと？」

と、藍がびっくりして訊く。

「いえ、そんなことは……」

「ちゃんと言っといた方がいいわよ」

と、真由美が言った。「つまり、亜里さんの成功を妬んで、亡くなった今村さんの遺族が、この社員旅行を襲撃しようとしてるの」

「ここ？」

と、つい町田藍は言っていた。

「ええ。――よろしかったら、お茶でも」

と、水上亜里は微笑んで、「大したお菓子もありませんけど」

「いえ、そんな……。じゃ、真由美ちゃん、ちょっとお邪魔する？」

「うん」

と、真由美は肯いて、「びっくりした！　社長さんっていうから、もっと凄いマンションに住んでるのかと思った」

十七歳は遠慮がない。

「ここだって、以前住んでたアパートに比べたら、豪華ですよ」

と、亜里は笑って、「さあ、どうぞ」

玄関の鍵を開ける。

――〈すずめバス〉へやって来た、水上亜里と一緒に、藍と真由美は亜里の住むマンションへついて来たのである。

藍が「ここ？」と言ってしまったのは、確かに名前こそマンションとついているが、三階建の、少し大きめのアパートにしか見えなかったからだ。

二階の〈２０４〉が、亜里の部屋だった。

「どうぞ、適当にかけて下さい」

と言われても……。

中も、六畳くらいのリビングダイニングと、四畳半の寝室だけ。

「今村啓子様の所で働いていたころは、四畳半一間で、お風呂もないアパートでした。今は、ちゃんとお風呂もトイレもあって……。一人ですもの、充分です」

余計な装飾のない、シンプルな部屋だった。

亜里は、藍と真由美に紅茶を出した。

「まあ、いい香り」

と、藍は言った。

「でしょう？　私の唯一のぜいたくです。紅茶の葉は特別に取り寄せたものなんですよ」

藍は、じっくり味わって紅茶を飲むと、

「でも、今評判のクッキー、〈乙女の祈り〉の社長さんなら、もう少しいい所に移られても……」

「その内に」

と、亜里は微笑んで、「結婚でもすれば、もっと広い所にと思ってます」

「父が感心してたわ」

と、真由美が言った。「水上さんは、お店の利益を、どんどん社員の方のお給料に回しちゃうんだって」

「だって、私、今はクッキーを焼くこともしないで、申し訳なくて。社員の方々が頑張って下さってるので、クッキーは売れてるんですもの」

こんな経営者が世の中にいるのか、と藍は驚いた。

「今度の慰安旅行ですが」

と、藍は少し心配になって、「費用は各自で持つんですか？」

「とんでもない！」

と、亜里は目を見開いて、「もちろん、費用は私持ちです。でないと、日ごろのご苦労をねぎらうことになりませんもの」

これを〈すずめバス〉の筒見社長に聞かせてやりたい、と藍は思った。

すると、玄関のチャイムが鳴った。

「お荷物です」

と、女性の声。

「はあい」

と、亜里は立って行って玄関のドアを開けた。

そして——ややあって、

「由利さんですね」

と、亜里が言った。「何かご用ですか？　今お客様が——」

「危い！」

と、藍が亜里の腕をつかんで引張った。

同時に、ナイフの刃先が亜里の胸もとへと突き出されていた。藍が引張らなかったら、亜里は刺されていただろう。

「何をするんです！」

と、藍は亜里を後ろにかばって、「警察を呼びますよ！」

「呼べばいいわ」

と、女は目を血走らせて、「その代り、この女も泥棒として捕まるわよ」

「原由利さんですね」

藍は、亜里から聞いていた話で分っていた。「何のことですか？　水上亜里さんが泥棒？」

「そうよ！　母が死んだとき、預金があんまり少ないんで、私はきっとこの女が――」

「その事情は聞きました。なぜ亜里さんが盗んだとおっしゃるんです？」

「決ってるじゃないの！　あれからたった二年しかたってないのよ！　お店を出したり、人を雇ったり、そんなお金を、この女が持ってるわけがないわ」

「由利さん」

と、亜里は青ざめていたが、やっと立ち直った様子で、「お気持は分ります。でも、お疑いは見当違いです」

「何ですって？」

「私、宝くじが当ったんです」

由利が唖然とした。亜里は続けて、

「本当です。三千万円。――銀行から支払われたときの書類もあります。お望みなら出して来ますけど」

「そんな……騙されないわよ！」

由利の言葉は、勢いを失っていた。

「ともかく、ナイフを捨てて下さい」

と、藍は言った。「もし亜里さんを傷つけていたら、刑務所ですよ」

由利の手からナイフが落ちた。

そのとき、廊下に足音がして、

「お母さん！」

と、息を弾ませて、若い女性がやって来た。

「──僚子さん」

「亜里さん、ごめんなさい！　止めようとしたんだけど……」

「いえ、大丈夫です。──何かあったんですか？」

「父が……具合悪くて、手術しなくてはいけないの。でも、費用が……。私のＯＬの給料だけだもの。──母を許してやって。冷静な判断ができなくなってるの」

娘の言葉に、由利はうずくまって泣き出していた……。

3　旅先

「本当にごめんなさいね」

と、マイクを手にして、亜里は言った。「必ず、その内にうめあわせをするから」

「いいですよ、社長さん」

と、女性社員から声が上った。「そんなに謝られたら、こっちが申し訳なくなっちゃいます」

バスの中が拍手で一杯になった。

「ありがとう……」

と、亜里は少し涙ぐんで、「二泊三日になったけど、うんと楽しんでね」

バスは、目的地のK温泉に近付いていた。

そろそろ夕方だ。

「あと十分ほどですね」

と、藍は言った。「ホテルに着いたら、ひと風呂浴びてちょうど夕食ですね」

バスは山道を少しずつ上っていた。

「わあ、紅葉がきれいね!」

と、声が上った。

〈乙女の祈り〉の社員旅行。――バス二台でゆったり行くつもりが、一台になったので、少しきつい。

そして三泊四日の予定が、一日減らすことになった。

そうして節約した分のお金を、亜里は原僚子に渡したのだった。

「お父さんの手術代にして下さい」

僚子は泣きながら受け取った。

それで、亜里は社員に謝っていたのである。

社員のほとんどは女性で、亜里に文句を言う者は一人もいなかった。

「――あそこだ」

と、ドライバーの君原が言った。

そう大きくないが、真新しいホテルだった。むろん、名前は〈ホテル〉だが、温泉旅館である。

バスが正面につくと、

「お待たせしました」

と、藍が先に降りて、ホテルから出て来た和服姿の女将《おかみ》に挨拶した。

「お待ちしておりました」

「電話で失礼しました。町田です」

「河西《かわにし》むつみです。女将をしております」

四十前後の、色白な女性である。藍が事情を説明しておいたので、よく分ってくれている。

「〈乙女の祈り〉の水上亜里です」

と、亜里が挨拶する。「色々ご迷惑を――」

「とんでもない！　さあ、皆様、どうぞ」

正面玄関を入って、藍はびっくりした。

「待ってたよ」

と、遠藤真由美が浴衣《ゆかた》姿で手を振っていたのだ。

「真由美ちゃん！　何してるの？」

「温泉に来たのよ」

「本当にもう……」

と、藍は苦笑して、「真由美ちゃんの喜ぶようなツアーじゃないのよ、今回は」

「いいの。藍さんに会えるだけで」

と、真由美は涼しい顔で言った。

「さあ、皆様、どうぞロビーでお休みになっていて下さい」

と、女将の河西むつみが言って、〈乙女の祈り〉の社員たちを案内する。

「お荷物はこちらに――。部屋割りを今、お知らせいたしますので」

「あ、温泉の匂いがする！」

「本当。私、部屋に行ったら、すぐ大浴場に行くわ。女将さん、大浴場ってどこ？」

「はい、その矢印の先です。二十四時間、いつでもお入りいただけますよ」

「私、三回は入る」

「私は最低五回ね」

「ふやけない？」

笑いが起る。

河西むつみが社員のリストとルームキーを照らし合せていると――。

「あれ、何？」

と、真由美が言った。「オルゴールの音みたい」

確かに、オルゴールの奏でる〈乙女の祈り〉のメロディが聞こえていたのである。

「――すみません！」

亜里が自分のバッグを開けて、「バッグを置いた弾みで鳴り出したんですね、きっと」

「それが、遺言で遺されたオルゴールですか？」

藍は、亜里がバッグから古びた木のオルゴールを取り出すのを見て言った。

「ええ。――何だか、いつも持って歩いてるんです」

と、亜里は照れたように言ってオルゴールを止めた。

そこへ大浴場から戻って来たらしい男女が通りかかった。

男はもう髪も白く、六十過ぎだろう。一緒の女はずいぶん若く、二十代と思えた。

そして男が足を止めた。

「君は……水上亜里ちゃん？」

「まあ！　真人さんですね。今村真人さん」

「うん……。それ、お袋のオルゴール？」

「そうです」

「クッキー屋を始めて、大成功してるらしいじゃないか」

「はあ……。真人さん、お仕事ですか？」

「うん、まあ……」

と、口ごもるまでもなく、一緒の女性は真人の腕につかまって、どう見ても「恋人」。

そのとき、ホテルの玄関先に車のエンジン音がけたたましく響いた。

真赤なスポーツカーが停ると、サングラスをかけたジャンパー姿の男が降りて来て、

「おい！　出迎えもないのか、このホテルは！」

と、中へ入って来た。

「おい、忠！」

と、今村真人がにらむ。

「親父、もう一風呂浴びたの？　お似合だぜ、朱音《あかね》さん」

亜里が少し冷ややかに、

「忠さんですね」

と言った。

「あれ？　――ああ、お前、亜里じゃねえか」

「その口のきき方はないでしょう」

と、藍が言った。

「何だと？」

「こちらは〈乙女の祈り〉の社長さんですよ。『お前』呼ばわりは失礼です」

「大きなお世話だ」

忠は渋い顔をして、「偉くなったもんだな」

と、亜里を見た。

「表の車は忠さんのですか」

と、亜里が訊いた。

「そうさ。新車だぜ。乗せてやろうか」

亜里は真人の方へ、

「真人さん。今、由利さんのご主人が入院してらっしゃるの、ご存知ですね」

「ああ、もちろん」

「手術の費用を作るのに苦労されているのも？」

「いちいち、よその病人の面倒まで見ていられんよ。うちの社だって、苦しくてリストラしたんだ」

今村真人は女の肩を抱いて、「こいつは朱音といって、なじみのホステスさ。おい、忠。一人なのか？」

「明日、彼女が来るよ」

開き直ったように、今村真人は朱音と一緒にロビーから立ち去った。忠は、

「あのときは惜しかったな」

と、亜里に向ってニヤリと笑い、「もう少しでお前を裸にむいてやれたのに」

すると――〈乙女の祈り〉の社員の一人がロビーに飾ってあった花を引き抜くと、花びんの水を忠の頭から思い切り浴びせかけた……。


「すてきな会社ね！」

と、真由美が感激の面持ち。「将来、私のこと、雇って下さい」

「まだ早いでしょ、就職活動は」

と、藍が言った。

「どうぞ、お茶でも」

と、亜里がお茶をいれる。

ホテルの、亜里の部屋へ、藍と真由美はやって来ていた。

「亜里さん」

と、藍は言った。「あのオルゴールを、もう一度見せていただけませんか」

「ええ、どうぞ」

と、亜里がオルゴールを持って来た。

「味わいあるわね」

と、真由美が言った。「古びてて、黒光りしてる」

「開けても？」

「どうぞ」

藍がオルゴールの蓋をそっと開くと、少し雑音の混った音で、〈乙女の祈り〉のメロディが流れて来た。

「小物入れになっているんですね」

「ええ。私が当てた宝くじも、買って、この中へ入れておいたんです」

と、亜里が言った。「そのおかげで当ったのかもしれませんね」

「いいなあ！　私も今度宝くじ買って、この中に入れさせてもらおう」

真由美の言葉に、亜里が笑った。しかし、藍は笑わなかった。

「ありがとうございます」

と、蓋を閉じてオルゴールを返す。「亡くなった方の感謝の気持がこもっているんでしょうね。大切になさって下さい」

「ええ、私の宝物です」

と、亜里は言った。


「藍さん、どうかしたの?」

と、真由美は廊下に出てから訊いた。

「え?」

「何だか、様子が変よ。いつもの、〈霊〉に出会ったときみたい」

「真由美ちゃん、鋭いわね」

と、藍は微笑んだ。

「じゃ、本当に?」

「あのオルゴールに、普通じゃないものを感じたわ」

「それじゃ……」

「さっき、ロビーに今村真人が現われる直前に鳴ったでしょ。あれは偶然じゃなかったのかもしれない」

「つまり……亡くなった人の魂があのオルゴールに? 宝くじも?」

「当りくじは番号を変えるなんてことができたかどうか分らないけど、そうだとしても驚かないわ」

「もし本当なら凄い！」

「――でも、あのオルゴール……」

「どうしたの？」

「心配してたわ」

「オルゴールが？」

「不安な気持が、伝わって来た」

と、藍は言った。「真由美ちゃん。――今夜、私に付合って徹夜する元気はある？」

「もちろん！」

真由美は即座に答えた。

4　危機

廊下を踏む、ミシミシというきしむ音が聞こえた。

「――その部屋だ」

と言ったのは、今村忠だった。

「確かだろうな」

と言ったのは、父親の真人である。

に入れた」

「ちゃんと確かめたよ。ホテルの人間に金をつかませて——。ほら。マスターキーを手

と、忠は言った。「どこだって入れるぜ」

「しかし……騒がれたら……」

「大丈夫さ。女一人だぜ。親父と俺で押え付けりゃ、抵抗できやしねえ」

「訴えられるかもしれんぞ」

「だから、ちゃんとデジカメを持って来たろ？　亜里の奴を裸にむいて、写真を撮るんだ。ネットにでも流すと脅してやりゃ、独身の女だぜ、言うことを聞くよ」

「そううまく行くかな」

「任せとけって。俺が力ずくでものにしてやりゃ、後はこっちの言いなりさ。金を出させて、うまく行きゃ〈乙女の祈り〉を、丸ごとうちの社の子会社にするんだ」

「お前も、そういう悪知恵は働くな」

と、真人が苦笑する。

「さ、入るぜ」

忠が、亜里の部屋の鍵をあけると、そっとドアを引いた。

——明りは消えて、静かだった。

忠は部屋の中に入ると、

「真暗《まっくら》で見えねえな……」

と呟いた。「明り、点《つ》けよう。すぐにゃ目を覚まさねえよ」

明りのスイッチを手探りしていると——。

突然、オルゴールが鳴り出した。忠はびっくりして飛び上った。

〈乙女の祈り〉のメロディが、暗がりの中に流れたのである。

「うるせえ！　畜生！」

焦ると、ますますスイッチが見付からない。すると——オルゴールの音が、どんどん大きくなった。〈乙女の祈り〉のメロディが部屋中にひびきわたる大音量になったのである。

「どうしてこんなでかい音がするんだ！」

忠はやっとスイッチを押した。

部屋が明るくなる。——床にオルゴールが置かれて、蓋が開いていた。

「やかましい！」

忠が膝をついて、オルゴールの蓋を閉めようとした。だが忠の手が触れると同時に、蓋はバタンと激しい勢いで閉じた。

「ワーッ！」

と、忠が叫び声を上げた。「指が——。親指が——」

「どうした？」

真人が覗いて目を見開いた。「お前――指が……」

忠の右手の親指が根元からちぎれていた。血が床に垂れた。

「痛《いて》え！――痛えよ！」

忠が床を転げ回った。

「――忠さん」

と、声がした。

亜里が、ドアの所に立っていたのだ。

オルゴールの音が止《や》んだ。

「亜里……」

「自業自得《じごうじとく》というものです」

と言ったのは、藍だった。「そのオルゴールは、亜里さんを守っているんですよ」

呻《うめ》いている忠を、亜里は冷ややかに見下ろして、

「ホテルの人を呼びましたから、病院へ連れて行ってもらうんですね」

と言った。「お二人の話も廊下で聞きましたよ。何てひどいことを考えるんですか！」

「いや……これは忠の考えたことで……。俺はただ……」

「父親ですか、それでも！」

と、亜里は真人を真直《まっす》ぐに見つめて、「恥を知りなさい！」

ホテルの従業員が駆けつけて来て、忠の手をタオルで包むと、支えながら連れ出す。

「忘れ物です」

亜里が、オルゴールの中から、ちぎれた親指を取り出して、真人へ渡した。

「お袋は……生きてるのか」

と、真人は呆然《ぼうぜん》として言った。

「それは考え方じゃないですか」

と、亜里は言った。「あなたの思い出の中に、お母様が生きておられれば、あなたは自分がどうすべきかお分りになるでしょう」

「うん……。そうか……」

「ともかく、今は忠さんについて行ってあげて下さい」

真人は、うなだれて部屋を出て行った。

「――凄かった！」

と、真由美が顔を出して、「そのオルゴール、悪い人には怖いですね」

「でも――きっと悲しんでいますよ」

亜里はオルゴールをしっかり胸に抱いて、「自分の孫があんなことになって……」

と呟きながら、そっとその表面を撫《な》でたのだった……。

「町田くん」

と、〈すずめバス〉の本社で、社長の筒見が言った。

「何でしょう?」

「君は〈すずめバス〉の社員だぞ」

「分ってますけど」

「その〈生きているオルゴール〉を、どうして借りて来ないんだ? 名物の〈霊感ツアー〉に使えるじゃないか」

「社長。——そういうずるいことを考える人は、オルゴールに指をかみ切られるかもしれないんですよ」

と、藍は言った。「お客さんが指をかみ切られて、どうしてくれる、って怒鳴り込まれたらどうします?」

そう言われると、筒見も渋い顔で、

「そうか……。まあ、それじゃ仕方ないかな……」

「〈乙女の祈り〉から、クッキーが届いてます。〈すずめバス〉の皆さんへ、って」

「それはいい。みんなで食べよう」

と、筒見はニヤついてから、「——おい」

「何です？」

「そのクッキーを食べて、舌をかみ切られたりしないだろうな？」

「社長、また奥さんに嘘《うそ》ついて、浮気してるんですか？　そういう人は危いですね」

藍は真顔で言って、「やめときます？」

「いや、食べる！」

――原由利の夫は、手術が成功して、回復するだろうと言われていた。

「おいしい」

と、藍はガイド仲間とクッキーをつまんで、これには亜里自身の〈祈り〉の味がする、と思ったのだった……。

地の果てに行く

1　異動

そばをズルズルッとすすると、クスクス笑う声がした。

武原《たけはら》はその声の方へ目をやって、

「――何だ、桐生《きりゅう》君か」

と言った。「何かおかしいことでも？」

「武原さん、よっぽどおそばが好きなんだなと思って」

と、同じ課の桐生あかりが言った。「すすり方もうまいもんね」

「毎日食べてりゃね」

と、武原は笑って、「君、珍しいじゃないか、ここは」

「十二時一分前に電話がかかって来て、出るのが遅れちゃったの」

と、桐生あかりは口を尖《とが》らして、「あれ、絶対分っていやがらせしてる！」

――昼休みのオフィス街。

ランチタイムは、人気の店には行列ができる。

「ここが一番空いてて」

と、あかりは言った。「たまには日本のそばもいいかと思ってね」

武原はアッという間にざるそばを食べてしまうと、

「僕はいいけど、君、若いから足りないんじゃないか？」

「失礼ね。私、そんなに大食いじゃないわよ！」

桐生あかりは今二十八歳。武原良介《りょうすけ》より二十も若いが、お互い気軽に話せる仲だった。

「奥さんにお弁当こしらえてもらえばいいのに」

と、あかりが言った。

「うちの奴《やつ》は忙しくてね。朝はのんびり寝てるんだ」

「でも——お嬢さんいるでしょ？　早苗《さなえ》ちゃんだっけ」

「うん。もう高一だ。自分で適当に作ってるよ」

「そう。偉いわね」

あかりは、そばをすすって、「——そうだ。今日の午後に異動が発表になるんですってよ」

「へえ。誰から聞いたんだ？」

「秘書室。——でも、異動ったって、味気ないわね。パソコンに送られてくるだけなんて」

「却《かえ》って事務的でいいさ」

武原はお茶を飲んだ。

あかりは、食べる手を止めて、

「武原さん」

と、心配そうに、「噂《うわさ》、聞いたけど……。本当なの？」

武原はちょっと肩をすくめて、

「新部門への異動のことかい？」

「ええ。——部長からの話を断ったって。やっぱり？」

「僕は技術屋だ。そして〈N重工〉の社員だ。言われれば、何でも作らなきゃならない。それは分ってるけど……」

「気持は分るわ。私だっていやだ。いくら商売だからって、機関銃だの地雷だの……」

「いやな時代になったなあ。うちみたいな大手とも言えない企業が兵器を作るなんて」

「やっぱり……」

「閉鎖した工場を改装して、『安くて高性能の機関銃を大量生産する』んだって。中近東やアフリカに売り込めば、丸儲《まるもう》けできる、と部長は張り切ってたよ」

「安くて高性能……ね」

「能率よく人を殺せる兵器を設計しろ、ってわけだ」

「それで——断ったのね」

「断ったというか……。『私はそういう仕事には向いていません』と言った」

「部長は？」

「渋い顔してたよ。『自分が何を言ってるか分かってるのか』って言ってた」

「他には？」

「それだけさ。僕は『分っています』と答えて、『もういい』と言われたんで、自分の席に戻った」

あかりは、そばを食べ終えると、

「何もないといいわね」

と言った。

「会社の守衛ならそれでもいいさ。人殺しの道具を作るより、気が楽だ」

武原は腕時計を見て、「——さ、もう戻ろう」

オフィスに戻ると、異様な静けさが二人を待っていた。

「どうしたの？」

と、あかりが同僚に訊《き》くと、

「パソコン見てるの、みんな」

「人事異動？　発表になったの？」

「全員のが見られる」

「そう……」

あかりは、武原が自分の席に座って、引出しを開けているのを見た。

あかりは自分のパソコンを立ち上げた。

全員にメールが来ている。——従来にない大きな異動だ。

やはり、まず自分の所を見た。——あかりは今のままだった。

ホッとして、それから同じ課の面々を見て行く。

やはり、新しい兵器部門への異動が多く、課の半分はいなくなる。しかし——武原の名がなかった。

おかしい。

どこへ異動になるにしろ、この表にあるはずだ。

隣の席の女性が、

「武原さん、探してるの？」

と訊いた。

「ええ。抜けてるよね」

「一番最後に出てる」

「最後?」

ページを見て行く。——そんなのって、おかしいじゃないの。

全社員のリストから、ポツンと一人離れて、〈武原良介〉の名前があった。

あかりの手が止った。

「——何よ、これ?」

と、あかりは呟《つぶや》いた。


「少し遅くなったわ……」

結衣《ゆい》はバスを降りると、小走りに団地へ向った。

手には駅前のスーパーで買った野菜などの袋をさげている。

「あら、武原さん」

と、知り合いの主婦に声をかけられ、

「どうも」

と、会釈《えしやく》した。

「お買物?」

「ええ、今夜のおかずを」

結衣は、何か言いたげな相手の表情を、ちゃんと分っていた。

駅前のスーパーからの帰りなら、反対方向のバスに乗ってくるはずよ。

その主婦の、口もとの笑みはそう言っていた。

「それじゃ」

気にしないことにしていた。――どう思われようと平気よ。

武原結衣は四十五歳。三十代に見える若々しさが、団地では目立つ。

そして、結衣はわざと自分を地味に見せようという気はさらさらなかった。

団地の中へ入って行くと、急に自分が老け込んだような気がする。くすんで、影の中にいるかのような……。

いつか、ここを出てやる。――都心のマンションに住んで、銀座《ぎんざ》や六本木《ろっぽんぎ》に遊びに行く。

そうよ。私にはそういう暮しがふさわしいんだわ。

武原良介と結婚したのが間違いだった。――技術者としては優秀で、「将来は幹部になる」と言われて、それを信じて結婚してしまった。

間に立った伯母が「仲人口」の達人だと知っていたら、もう少し慎重になったのに。

結衣はエレベーターで三階へと上って行った。

結婚してすぐ妊娠。娘の早苗が生まれた。そして――もう十六歳だ。

「こんなはずじゃなかった」

と思い続けて、十七年がたった。

何とかしなきゃ。もう時間がない。

玄関の鍵をあけようとして戸惑った。——鍵がかかってない！

こんな時間に夫が帰るわけもないし、早苗も今日はクラブだと言っていた……。

「かけ忘れたのかしら……」

ドアを開けると、夫の靴があった。

「あなた？——帰ってるの？」

明りが点《つ》いていない。夕方なので、もう暗くなっていた。

「具合でも悪くなったのかしら……」

と呟きつつ、居間へ入り、明りを点けて、

「ああ、びっくりした！」

武原が背広のまま、ソファに座っていたのである。

「——何よ、どうしたの？」

と、結衣は台所の方へ買って来たものを置きに行って、「早いわね。早退？　風邪でもひいた？」

ついしゃべってしまうのは、結衣もさすがに気が咎《とが》めているからだ。ついさっきまで、男とホテルに入っていたのだから。

「別に大丈夫だ」

と、武原は言った。

「そう。——じゃ、どうして？」

「異動になった」

「え？」

武原がポケットからたたんだ紙を取り出して、テーブルに置いた。

結衣はそれを手に取って開くと、

「十一月一日付け……。半月しかないわね。——これ、どこ？〈長槍島《ながやりじま》営業所〉って……」

首をかしげて、「聞いたことないわね。〈島〉ったって、本当の島じゃないわよね」

と、結衣は笑った。

「どこなのか、僕も知らない」

「知らないって……。でも——」

「ともかく遠くだ」

「遠く？」

結衣の声が震えた。「どういうことなの？」

武原は黙って立ち上ると、奥の部屋へ行こうとした。

玄関から、

「ただいま!」

と、早苗の声がした。「今日、クラブ休みになったの」

「お帰り」

「お父さん!　どうしたの、こんなに――」

「あなた!」

と、結衣が叫ぶように言った。「ちゃんと説明して!」

早苗が鞄《かばん》を持ったまま、立ちすくんでいた……。

2　幻の人影

「ああ……参った」

つい、グチが出る。

町田藍はバスのツアーから戻って来たところだった。

業界大手の有名な〈はと〉とは違って、〈すずめバス〉という弱小企業。町田藍はそのバスガイドである。

「大丈夫かい？」

と、ドライバーの君原が言った。

「何とか生きてる」

と、藍は肯《うなず》いて、「少し営業所で休んでからバス洗うわ。もう帰って」

「手伝うよ――と言いたいんだけど、今日はデートでね」

君原は二枚目の独身。

「エミさんが聞いたらショックだわ。黙っててあげる」

常田エミはバスガイドの仲間。

「デートっていっても、お袋とね」

「何だ。じゃ、待たせちゃ悪いわよ」

「うん。それじゃお先に」

「お疲れさま……」

何しろ、バスツアーといっても、大手と同じようなものではかないっこない。社長の筒見がユニークなツアーを色々考案してくれるので、実行する方は大変だ。

今日は、〈バスで行く！　ウォーキングツアー〉という妙なもの。流行《はや》りのウォーキングの名所をいくつも回って、その都度バスを降りて歩こうというツアー。

ガイドの藍も一緒に歩かないわけにいかないので、一体何キロ歩いたか……。

ヘトヘトになって、本社兼営業所へ入って行くと、

「藍さん！　待ってた！」

と、いきなり言われてびっくりした。

「真由美ちゃん！　どうしたの？」

〈すずめバス〉のお得意様、遠藤真由美、十七歳。学校帰りのセーラー服である。

「藍さんの力を借りたいの！　お願い」

「ちょっと待って。――クタクタなの、今。せめてお茶一杯ぐらい……」

町田藍は他の人間と比べて霊感が強く、しばしば幽霊に出会う。社長の筒見は、〈すずめバス〉のドル箱である藍の〈幽霊と出会うツアー〉を、やたら組ませたがる。

そして、実際、藍の「能力」はその手のマニアの間で有名になっていて、ツアーもたいてい盛況。

遠藤真由美は高校生ながら、そういうツアーが大好きで、藍とも仲がいい。

「――お待たせ」

水をガブ飲みして、やっと息をつく。

「この子、私の後輩の武原早苗っていうの。一年生」

同じセーラー服の少女が、おずおずと頭を下げた。

「どうも……。真由美ちゃんのお友だち？」

「はい。あの……どうお話ししたらいいのか……」

「焦らないで。――良かったら、甘いものでも食べながら話そうか？」

「賛成！」

と、真由美が手を上げた。

「じゃ、バスを洗っちゃうから、少し待っててね」

と、藍は言った……。


帰り道はすっかり遅くなって、真暗《まつくら》だった。

むろん、ポツンポツンと街灯はあるが、間隔が空いているので、光の届かない所が多いのだ。

武原早苗は足どりを速めた。

クラブで遅くなることは前にもあったが、そんなときは駅から電話すると父が迎えに来てくれた。中古の小型車だが、雨のときなど嬉《うれ》しかったものだ。

でも、今父は遠くへ転勤になってしまって、家にいない。母は車を運転しないし、それに早苗より遅く帰ることも珍しくない。

「あ……」

頬にパタッと何かが当った。「――やだ」

雨が降って来たのだ。もう少しなのに！

クラブの運動着を入れた大きなバッグをさげているので、走るのも大変だった。

傘を持っていなかったので、ともかく急ごうとしたが、たちまち雨は本降りになった。

「参ったな……」

仕方なく、スポーツバッグを頭にのせるようにして、少しでも雨から逃れようとした。

しかし、少し行く内に服はすっかり濡《ぬ》れてしまって、早苗は諦めた。

帰って、早く服を脱ごう。

団地への道を辿《たど》って行くと、小さな公園がある。砂場とブランコぐらいしかない公園だが、昼間は団地の奥さんたちが、よくここで小さい子を遊ばせている。

青白い照明が雨にけむって見えた。

早苗は足を止めた。——誰かが公園のブランコに座っている。

この雨の中で？　しかも、どう見ても大人だ。背広姿の男性らしい。

何してるんだろう？

でも、人のことなんか気にしていられない。早苗はまた歩き出したが……。

そのブランコの男が顔を上げた。

早苗はびっくりして声を上げた。

「——お父さん！」

武原良介に違いなかった。早苗を見ると、ニッコリ笑った。

「お父さん！　帰って来たの？」

と駆け寄ると、「濡れてるよ！　早く家に入ろう」

立ち上った武原は黙って肯いた。

「ね、早く行こうよ」

早苗は先に立って歩いて行く。――父に言いたいことはあったが、今はともかく家へ入らないと――。

棟の中へ入って、息をつく。

「お父さん、大丈夫？」

振り返ると、そこには誰もいなかった。

「お父さん？　――お父さん！」

早苗は表へ走り出た。

雨は上っていた。しかし、武原の姿はどこにもない。

「そんな……。お父さん！」

呼んでみたが、空《むな》しかった。

そのとき、車のライトが近付いて来た。

早苗は棟の中へ入ると、車が少し手前で停るのを見た。助手席から降りて来たのは母だった。

「ありがとう。またね」

母が笑顔で言って、手を振っている。

車の中では、見たことのある男がハンドルを握っていた。——会社の運動会で見たことがある、〈N重工〉の部長だ。

母、結衣が歩いて来て、

「早苗！ どうしたの？」

と、びっくりして足を止めた。「びしょ濡れじゃないの！ 早く上りましょ」

「お母さん」

「え？」

「今——お父さんに会った」


「幻なんかじゃない。あれ、本当にお父さんだったんです」

と、早苗は言った。

「それで、どうしたの？」

と、藍は訊いた。

「お母さんは見間違いだって笑ってたけど……。あんなにはっきり見たんだもの」

藍と遠藤真由美、武原早苗の三人は、甘味の店に入って、アンミツやお汁粉を食べていた。

「次の日に、会社に電話しました。でも、父は戻ってないって言われ……」

「そう」

「藍さんの出番でしょ？」

と、真由美が言った。

「待ってよ。——そのお父さんの単身赴任してる所へ電話してみた？」

「ええ。でも、誰も出ないんです」

「出ない？」

「ともかく、お父さん一人しかいないんで……」

さすがに藍もびっくりして言葉を失ったのだったが……。


「武原君が？」

車を運転しながら、正本《まさもと》は思わず助手席の結衣を見た。

「ちゃんと前見てよ！」

と、結衣は言った。

「ああ、大丈夫だよ」

正本雄一《ゆういち》は〈N重工〉の部長だ。武原を遠い〈営業所〉へ異動させたのは正本だった。

「もちろん、早苗の見間違えよ」

と、結衣は言った。「そう簡単に帰って来られる所じゃないしね」

「しかし……恨まれてるだろうな」

と、正本は言った。「しかも、君とこんなことになってると知ったら……」

「よして」

と、結衣は強い口調で言った。「あの人がいけないのよ。私は後悔なんかしてないわ」

週に一、二度、結衣は正本と食事をし、ホテルに行く。

私だって、少しは楽しいことがなくちゃ！　そうよ。これくらい、当然の権利だわ！

車は団地の少し手前で停った。

「じゃ、また来週」

結衣は正本にキスして、車を降りた。

正本は車を出して、広い国道に出る道へと入って行った。

「雨か」

フロントガラスに雨が当り始めた。「今日は降るなんて言ってなかったのに……」

だが、雨は一気に強くなった。ワイパーを動かしても追いつかない。

ライトにも激しい雨だけが見えて、道の先が全く分らない。正本は道の傍《かたわら》へ車を寄せて停めた。

「何だ、この大雨は……」

一時的なものだろうから、やり過すことにして、正本はタバコに火を点けた。

「——もうそろそろ、潮時だな」

と呟く。

武原結衣との仲が、ここまで深くなるとは思っていなかった。初めは、夫が単身赴任して寂しいだろうと誘ってみたのだったが……。

これ以上は厄介だ。

武原を本社へ戻してやるか。そうすりゃ、いやでも会えなくなる。

もともと、〈長槍島営業所〉などというのは存在しなかった。ただ、「兵器を作りたくない」という武原に同調する社員が出るのを防ぐため、見せしめが必要だったのだ。

どこか遠くへ飛ばしてやる。——そう思った正本だったが、元来〈N重工〉は中規模企業で、支社といっても大阪《おおさか》、福岡《ふくおか》ぐらいしかなかった。

そして、ネットを見ているとき、なぜかとんでもない離島に会社の土地があるのを見付けたのである。どんな事情で手に入れたのやら、分らなかったが、調べてみると、もう誰も住んでいない家が一軒建っているということだった。

そこに〈営業所〉という名前をつけて、異動させることにしたのだ。

正直、武原が辞めるだろうと思っていた。技術者としての腕はある。他の会社へ行くこともできるだろう。

しかし——武原は〈長槍島〉へ行く道を選んだのだった……。

「変った奴だ」

と、正本は呟いた。

——雨は一向に弱くならない。

すると——前方から何かがやって来た。

ライトを点けると、人だと分る。

車に向って真直《まっす》ぐ歩いて来る。傘もなしでコートも着ていない。

そして……。ライトの中に、その姿が浮び上った。

「——武原！」

確かに、そこに立っているのは武原だった。そして、正本をじっと見つめている。

「こんな馬鹿な！　——幻か？」

正本はゾッとした。

「畜生！　どけ！」

エンジンをかけ、クラクションを鳴らした。

しかし、武原はじっと車のすぐ前に立っている。

「消えちまえ!」

車を発進させる。武原の姿はかき消されるように失《な》くなった。

「幽霊か?　――冗談じゃない!」

すると、目の前に強烈なライトが――。

何だこれは?　どうしたんだ?

次の瞬間、正本の車は大型トラックと正面衝突していた。

正本の目の前に火花が散って、誰かの笑い声が聞こえたようだった……。

3　遠い島

「あれが?」

と、さすがに藍も言っていた。

「凄《すご》い所だな」

と、君原が首を振った。

それは確かに「島」だった。

しかし――小さく、岩だらけの島だ。

ボートはひどく揺れた。

「いつもこんなに揺れるんですか？」

と、町田藍は訊いた。

「ああ」

ボートを操っているおじさんは肯いて、「この辺はいつも波が荒いんだよ」

「このボートは……」

「週に一度、往復してるよ」

「週に一度だけ？」

「ああ。海が荒れると行けないときもあるがね」

晴れて、穏やかな日だったが、それでも波は高い。

やっとボートが島の船着場へ着いた。

ボートから陸へ上るのも大変だった。足を踏み外せば、海へ落ちてしまう。

船着場の近くに、何軒かの家があった。ボートが着くのを見ていたのだろう。住人が家から出て来た。

ボートに積んであった段ボールを、あのおじさんが器用に放り投げる。集まった人々が——といっても、せいぜい二十人ほどで、中年過ぎの女性ばかりだ——手早く段ボールを開ける。

食料品や日用品が運ばれて来るのだ。

「すみませんけど、待ってて下さいね」

と、藍はボートのおじさんに言った。

「ああ。今日は波も大丈夫だろう。置いて帰りやしないから安心しな」

「どうも」

藍は君原と二人、島の風景を眺めて、「どこへ行けばいいのかしら？」

食料品を袋に入れた女性が、

「あんたたち、何の用だね？」

と訊いた。

「あの――〈N重工〉の営業所っていうのがあると思うんですけど」

と、藍は言った。「武原さんって人がおいでだと……」

「ああ、武原さんね」

と肯いて、「今日は見ないね。小屋にいるんじゃないの？」

「小屋？　どこですか、それ」

「その道を行きゃ、いやでも着くよ」

と、その女性は、家の間の細い道を指さした。

「ありがとう」

藍はホッとして礼を言ったのだが……。

確かに、その道は迷いようがなかった。

ただ、岩山を上る急な坂道で、ほとんど「登山」に近かった。

「おい……。戻れるのか？」

君原が喘《あえ》ぎながら言った。

「知らないわよ！」

藍も、君原のことまで気をつかっていられない。

だが——突然、その小屋は目の前に現われた。海の上に突き出た岩山に建つそれは、
確かに小屋としか呼べなかった。

ドアの所に掛かっている〈N重工・長槍島営業所〉という札だけが新しかった。

「武原さん。——いらっしゃいますか？」

藍はドアをノックした。

「どなたです？」

頭の上の方から声がして、藍はびっくりした。

「武原さん？」

「ええ」

屋根に上って、何やら大工仕事をしていたらしい。

「東京から来ました。——お嬢さんに頼まれて」

「早苗から？」

「ええ。私、〈すずめバス〉という会社のバスガイドで、町田藍といいます。こちらはドライバーの君原」

君原は声も出ないくらい疲れているらしく、ただ会釈してみせただけだった。

「そうですか。ちょっと中へ入って待っていて下さい。屋根を直してしまわんと、雨漏りがするのでね」

「分りました」

ドアを開けて中へ入る。——机が一つ。ベッドと、古びたストーブ。

「これが〈営業所〉？」

と、藍は呆れて、「〈すずめバス〉の営業所よりひどい」

「全くだな……」

君原はハンカチで汗を拭った。

頭上で、しばらくトントンという音がしていたが、三十分ほどして、やっと武原が入って来た。作業服姿だ。

「お待たせして申し訳ない」

と、武原は言った。「ここへ客がみえるとは……。お茶でもいれましょう」

「お構いなく。——あの、色々事情は早苗さんから伺っています」

「そうですか。電話もこのところ通じなくなってしまってね」

と、武原は言った。「早苗と結衣は元気にしていますか。ああ、結衣は家内です」

「存じています」

「二人とも、この島へは来たことがない。こんな暮しをさせるわけにいきませんから
ね」

「武原さん……」

藍は、早苗が父親を団地の近くで見たと言っていることを話した。

「早苗が私と会った？」

武原は頰を紅潮させて、身をのり出した。「それは――雨の夜ですか？　公園のところで」

「その通りです」

「そうでしたか……」

武原は大きく息をつくと、「私は――夢を見たのです」

「夢？」

「ええ。夢の中で、私は公園のブランコに腰かけていた。雨がひどく降っていて、早苗は傘なしで走って帰ろうと……」

武原は首を振って、「そんなことがあるんでしょうか」

「あなたには、もともとそういう一種の超能力があったのだと思います」

と、藍は言った。「実は私もそうなんです。ですから分るのですが、きっと娘さんに会いたいという思いが、早苗さんの心に届いて、幻の姿になって現われたんですよ」

「いや……信じられないような話ですね」

「ただ——もう一つ、お話ししなければなりません」

「何でしょう？」

「もう一人、あなたの上司の正本さんという人の夢を見ませんでしたか？」

武原はちょっと目を見開いて、

「正本部長のことですか。そりゃあ……二、三度、夢に見ました。私をこんな所へ追いやったのは、正本ですからね」

と言った。

「特にはっきりした夢は見ませんでしたか？」

「はっきり……。ええ、一番最近の夢は、かなり具体的でしたね。やはりひどい雨で……。確か正本が車を運転していました。そして、私を見て何か怒鳴って……。その後、凄い音と火花が飛んで、目がさめたんです」

武原は不安げに、「——正本に何かあったんですか？」

「車がトラックと正面衝突したんです」

「そんなことが……。で、どうしたんですか?」

「命は取り止めましたが、重体です。そして、話したんです。あなたを雨の中で見た、と」

「では、早苗のときと同じで?」

「そういうことです」

「そうですか……」

武原はしばらく黙っていたが、「——正直、あまり申し訳ないという気持にはなれませんが」

「分ります」

と、藍は肯いた。「もちろん、あなたのせいだとは言えないでしょう。特に、ここへ一度でも来てみれば……」

「しかし——」

と、君原が言った。「その車とトラックの件は、どうも警察が調べているらしい」

「そうなんです」

と、藍が言った。「早苗さんから、私たちが出かける直前に電話があって。武原さんが実際にこの島を出て、正本さんの前に現われたんじゃないかと……」

「私がですか?」

と、武原は苦笑して、「ボートは週に一度しか往復しません。私が乗ったかどうか、あのボートのおじさんに訊けば分りますよ」

そして、武原はふっと眉を寄せ、

「待って下さい」

と言うと、小屋の外へ出て行き、すぐに戻って来た。

「何か?」

「すぐお帰りになった方がいいでしょう」

と、武原は言った。

「どうしたんです?」

「雨が来ます。この島はともかく雨が多いんです。真黒《まつくろ》な雲が出ています。雨だけでなく、風も吹いて、海が荒れます」

藍と君原は顔を見合せた。

「ボートは待っていてくれると――」

「こんな天候になったら、ボートはすぐ引き上げてしまいます。待ってはいませんよ」

藍と君原は、急いで小屋を出たが、送りに出た武原が、

「いかん」

と言った。「もうボートは行ってしまいました」

見下ろす海面を、あのボートが波にもまれながら対岸へと向っているのが見えた。

「——どうする？」

と、君原が言った。

「ともかく中へ」

と、武原が促す。

藍たちが小屋へ戻ると、待っていたかのように、猛烈な雨が小屋の屋根を叩《たた》き始めた……。

4 悪夢

「すみませんね、こんなものしかなくて」

と、武原が言った。

「いえ、とんでもない」

藍たちは、武原が作ってくれたカップラーメンを食べていた。

「下の家のある所までいけば、色々食べる物を分けてもらえるんですがね。この雨ではとても……」

すでに夜八時を過ぎていた。——雨と風は小屋を揺らさんばかりの勢いだ。

「今夜一杯は降りそうですね」

と、武原は言った。「たいてい明け方には上ります。今夜はここで寝ていただくしか……」

「ええ、分っています」

と、藍は言った。「その辺の椅子ででも寝かせて下さい」

「いや、そんなわけには。——ベッド一つしかありませんが、町田さん、使って下さい」

「とんでもない！　勝手に押しかけたんですもの。大丈夫です。バスガイドは、どんな所でも眠れます」

と、藍は明るく言った。

——何しろ、TVも何もないので、することもない。

風呂も、船着場の所の家で借りているそうで、藍たちは早々《はやばや》と眠ることにした。

発電機が雨でおかしくなったのか、電気も止ってしまったので、暗い中、ロウソクを点けて、君原は床に毛布を敷いて寝て、藍は武原の勧めで、ベッドを拝借することにした。

君原は早々と寝入ってしまった。

「——武原さん」

と、藍は言った。

「はあ」

「どうして、こんな所に？　いえ、異動になったとき、会社を辞めようと思われなかったんですか」

少し間《ま》があって、

「――意地ですね」

と、武原は言った。

「それは……」

「兵器を作りたくない。そのためなら、どんな所にでも行ってやる、と示したかったんです。馬鹿げているかもしれませんが」

「お気持は分りますが……」

「会社の方では、私が辞めると思っていたでしょう。そう分っていたので、余計に意地を張ってしまったのですね」

「でも、奥様と娘さんのこともお考えにならないと」

「確かにそうですね」

と、武原は言った。「ともかく、一度東京の本社へ行ってみます」

「そうなさるといいですわ」

藍はそう言って、「おやすみなさい」

と、目を閉じた……。

目を覚ましたのは何時ごろだったか。

真暗だが、まだそう遅い時間ではないのかもしれない。

雨の音。——起きたのは、そのせいだったかもしれない。

ベッドに入ったころと比べても、さらに凄い豪雨だ。藍は、この雨に、何か普通と違うものを感じた。

これは、まともじゃない。この雨には、何か「意志」のようなものを感じた。

そして、藍は、椅子で寝ている武原の方へ目をやって、

「まさか……」

武原の姿は、闇の中、ふしぎな明るさに浮んでいる。

そして、武原は苦しげに身悶《みもだ》えし、低く呻《うめ》いた。

「結衣……」

と、妻の名を呼ぶ声が聞こえた。

正本が身動きして、低い声で唸《うな》った。

「痛む？」

と、覗《のぞ》き込むようにして訊いたのは、結衣だった。

正本は目を開けた。——といっても、片方の目は包帯で隠れているので、片目で見たのだが。

「君か……」

「看護師さんを呼ぶ？　痛み止めでも——」

「やめてくれ」

と、正本は言った。「痛み止めは、この点滴に入ってる。これ以上はどうしようもな
いんだ」

「そう……」

結衣は、正本の苛立《いらだ》った口調に、「辛《つら》いでしょうね」

と言った。

「当り前だ。君の旦那のおかげでね」

「あなた……」

「よしてくれ。君は俺の女房じゃない。——どうしてここにいるんだ」

「それは……心配だから。今はもう夜の十一時よ。奥さんは帰られたわ」

「もう君も帰ってくれ。必要ない」

突き放したような言い方に、結衣の表情がこわばった。

「あなた、私のことを怒ってるの」

「当然だろ。君と浮気しなきゃ、あんなことにならなかったかもしれない」

「そんなこと……。今さら、私を責めるの？　主人をあんな離れ小島へやったのは、あなたじゃないの」

「だからどうだって言うんだ。俺は——もう飽きてたんだ。君とは終りにしようと思ってた。もう少し早くそうしていれば……」

結衣は青ざめて、

「浮気はどっちのせいなんて言えないでしょ。あなただって楽しんだくせに！」

「ああ。しかし、君はもう若くない。自分のことをよく鏡で見ろよ」

結衣はギュッと唇をかんで立ち上った。

「よく分ったわ。——じゃ、お大事に」

正本は黙って目を閉じた。

結衣は何か言ってやりたいのを何とかこらえて、病室を出た。

「男なんて」

と呟く。「——男なんて！」

結衣はエレベーターの方へ、小走りに、逃げるように行ってしまった。

結衣は気付かなかった。——自分が出かけるのを気にしてずっと後を尾《つ》けて来た、娘の早苗が、廊下に立って、病室の中の話を聞いていたことに……。

結衣は足を止めた。

「雨？」

今日はずっと晴れていたのに……。

たちまち本降りになる。

あわてて目の前の家の軒先へ駆け込んだ。

「まあ……」

雨は凄い勢いで降って来た。

夜のことで、しかも寂しい道に、タクシーも通らない。

「何てことかしら……」

と、ため息をつく。

こういう雨は、じき上るだろう。——しかし、しばらく待っても、雨はさらに強く降り続けた。

「どうしよう……」

と呟いた結衣は、ふと雨の中に誰かが立っているのに気付いた。「——早苗！」

早苗が雨に打たれて、立っていたのだ。

「どうしたの！　早くここへ入って」

と手招きしたが、早苗は急ぐでもなく、ゆっくりと母親の方へやって来た。

「お母さん！」

と、早苗は燃えるような目で結衣をにらみつけて、「お母さんはひどい！」

「早苗――」

「あの正本って、お父さんを遠くへやった人でしょう！　その人と浮気してたなんて！　お父さんが可哀そうだ！」

「早苗……」

結衣は言葉に詰ったが、「それは――大人には、色々、子供に分らないことがあるのよ……」

「そんなの、言いわけにならない！」

と、早苗は叫ぶように言った。「お父さんに謝って！」

「早苗……。でもね、あの人は、自分からあんな遠くへ行くことを選んだのよ。私を捨てて行ったの」

「そうじゃない。お父さんのこと、お母さんは前から裏切ってたくせに！」

「え……」

「私だって十六よ。ちゃんと分ってた」

結衣は、早苗が鋭いハサミを握っているのを見て、目をみはった。

「早苗！　そんなもの……」

「病院から持ってきちゃったの。――人ぐらい刺せるわ」

「やめて！」

「あの人と一緒に入院したら？　病院でも浮気できるわよ」

「早苗――」

早苗がハサミを両手でつかんで構えた。

そのとき、

「早苗、やめなさい」

と、声がした。

穏やかな声だった。――振り向いた早苗は、そこに父が立っているのを見て、啞然《あぜん》とした。

「お父さん！」

結衣も愕然《がくぜん》として、

「あなた……」

武原は雨の中に立っていた。作業服を着ている。

「お父さん、本当にここにいるの？」

「いいや。これは僕の心だ」

「じゃあ、あのときも……」

「うん。体は今もあの遠い島にいる」

と、武原は言った。「そんなものは捨てなさい」

早苗はハサミを足下《あしもと》に落とした。

「お父さん……。私、悔しくて……」

「分ってる。話を聞いたよ」

と、武原は肯いた。「お母さんを許してあげなさい」

「でも――」

「お父さんも、意地を張ってばかりで、お前やお母さんのことを考えなかった」

「あなた……」

「近々、島から帰るよ。そうしたら、どうするか話し合おう。――結衣」

「あなた……」

「別れたければ、それでもいい。ともかく、互いに許し合おう。そこから始めればいい」

結衣はその場にしゃがみ込んで泣き出した。

「——お父さん、行っちゃうの？」

「早苗。すぐ会えるよ」

武原は微笑《ほほえ》んだ。そして、雨の中へと消えて行った。

雨は不意に上った。

早苗は夢からさめたように、

「お母さん……」

と言った。「帰ろう。——雨が止《や》んだよ」

「早苗……」

「私、このハサミ、病院に返さないと。明日でいいよね」

母と娘が歩いて行くのを、武原は見送っていたが、

「あなたもここへ？」

隣に、藍が立っていたのだ。

「あなたに連れられて」

「そうでしたか」

「ご一緒に戻りましょう。この夢から」

「ええ」

と、武原は肯いて、「便利ですね。ボートも列車もいらない」

武原は起き上った。

窓から光が差し込んでいる。

小屋から出ると、青空が広がっていた。

「おはようございます」

藍が立っていた。

「やあ、どうも……」

「今、下の人から知らせがありました。ボートが今日も来てくれるそうです」

「そうですか」

「ご一緒に帰りませんか、東京に」

武原は少し考えて、

「いや……。下の人々にはお世話になったので。――どの家も、雨漏りや、壊れかけたところがあるんです。それを直してから、帰京します」

「そうですか。――奥さんも、きっと待っておいでです。お伝えしておきますよ」

「ありがとう」

「君原が先に下へ行っています。私も」

「じゃ、ご一緒に」

——二人が急な道を下り始める。

見下ろす海は静かだった。

背後で何か音がして——振り向いた二人は唖然とした。

あの小屋が、突き出た岩山ごと、海に向って崩れ落ちて行ったのだ。

「——何てことだ」

「でも、これで、新しい出発ができます」

「そうですね。営業所が消滅というわけですからね」

そう言って武原は笑った。

二人はまた坂道を下り始めた……。

殺意がひとり歩きする

1　準備

彼は自分の手の上にのっているものを見下ろした。

それは幻ではなかった。重く、冷たく、黒光りして、使われることを待っていた。

「俺のものだ」

と、彼は呟《つぶや》いた。「俺の拳銃だ」

モデルガンではない。本物の、ちゃんと実弾を込めた拳銃だった。

安全装置を外して、引金を引けば、弾丸が出る。そしてその弾丸が人の心臓を撃ち抜いたら、その人間は死ぬのだ。

人の命を絶つことのできる「道具」を、今俺は持っている！

彼の中に、熱いものがこみ上げて来た。どれだけ、この瞬間を待っていただろう。子供のころから――ものごころついたころから、彼は人を殺すことを夢見ていた。

いつか、必ずやってみせる。

しかし、同時に彼は自分の人生を、塀と鉄格子の中で終らせるつもりはなかった。

殺しても罪に問われない。——そういう殺人でなければならなかった。

急ぐな。焦るな。

機会を待つのだ。

彼が、普通の殺人者と違うのは、必要なら何年でも何十年でも、待つことができる、ということだった。

いや、おそらく、そんなに長く待つことはあるまい。近々、チャンスは巡ってくる。予感があった。

彼は洗面台の鏡をじっと見つめた。——そこに立っているスーツとネクタイの爽やかな二枚目は、どう見ても「殺人の魅惑」にとりつかれた男とは思えなかった。

拳銃を上着の下に納めて、彼は髪の乱れを直した。

トイレのドアが開いて、

「おい、坂田《さかた》」

と、中年のがっしりした男が顔を出した。

「はい」

「行くぞ」

「はい」

坂田はトイレを出た。

「あんまり緊張するな」

「大丈夫です、田所《たどころ》さん」

「うん。お前はいつも冷静だからな」

一緒に歩きながら、田所は坂田敏也《としや》の肩を叩《たた》いた。

「でも、少しは緊張しないと……」

「そりゃそうだ。ぼんやり音楽を聞いてちゃいかんぞ」

「僕はロビーですから」

「うん。しかし、中から少しは聞こえてくる。お前、クラシックが好きだろ」

「ええ。でも、任務のときには忘れます」

「そうだな。――ともかく、今日がSPの仕事第一日目だ。しっかりやれ」

と、田所が言った。


「間《ま》に合わないかと思った！」

と、息を弾ませて、遠藤真由美が言った。

「また、お洒落《しやれ》して来たのね」

と、町田藍は微笑《ほほえ》んで、「でも、とても似合ってる」

「ありがとう」

十七歳の真由美は、ピンクの可愛いドレスを着ていた。

町田藍は少し高級なスーツだ。

「じゃ、入ろう」

と、真由美がバッグからチケットを取り出す。「これ、藍さんの」

「いいの？　高いチケットを」

「いいのよ。だって、お父さんは海外で、お母さん、温泉。むだになるより、使ってもらった方が」

「じゃ、お言葉に甘えて」

Nホールの前では、何人かが待ち合せの相手を待っているようだったが、ほとんど中に入っていた。

「開演十分前だわ。充分間に合う」

と、藍は言った。

「シャンパンでも飲む？」

「高校生はだめよ。私も、眠っちゃうともったいないから」

二人はチケットを切ってもらってホールのロビーへと入って行った。

藍がちょっとロビーを見回して、

「誰かＶＩＰが来るのね」

「え？」

「SPが何人もいる」

背広姿だが、耳に小さなイヤホンを入れた男たちが、ロビーのあちこちに五、六人いた。

「あれ、SPなんだ」

「私たちには関係ないけどね」

「私たちを守ってくれてると思うと、いい気分だけど」

「残念ながら。――二階席ね」

二人はエスカレーターで二階へ上った。

二階のロビーにも、何人かSPの姿があった。

「真由美ちゃん、私、トイレに寄ってから行くわ。席についてて」

「うん、分った」

――藍は化粧室に入った。

町田藍は二十八歳。

弱小バス会社、〈すずめバス〉のバスガイドである。

そして、今日のチケットをくれた遠藤真由美は、〈すずめバス〉のツアーの常連客で、藍とも仲がいい。

もっとも、真由美がツアーに参加するのは、藍が企画に係《かかわ》る、〈幽霊と出会うツアー〉に限っている。

藍は霊感が強く、これまでも何度か本物の幽霊に出会っていた。

「まあいいか……」

化粧室で藍は鏡を見て、髪を少し直した。「別にお見合ってわけじゃないしね……」

化粧室を出て、藍は一瞬ギクリとして立ち止った。

紺のスーツの青年が立っていた。

「どうかしましたか？」

と、微笑んで訊《き》く。

「いいえ」

と、藍は言った。

「そうですか」

と、青年は言った。「じき、始まります。席について下さい」

「これから席に」

「はい」

——今の青年はSPだった。

藍はホールの中へ入り、チケットの番号を見て、席を捜した。しかし捜すまでもなく、真由美が藍を見付けて手を振った。

「――すばらしい席ね」

と、座って藍が言うと、

「藍さん、何かあった？」

と、真由美が訊いた。

「え？　何か、って？」

「何だか様子がおかしかった」

「そう？　ちょっと緊張してるのよ。こんなコンサート、慣れてないから」

と言ってごまかしたが……。

藍を見慣れている真由美には、微妙な違いが分ってしまうのである。

あの若いSPに、藍はどこか不吉なものを感じたのだった。

まさか、今日このホールで、何かが起るとも思えないが……。

開始のチャイムで、ステージにオーケストラが現われた。

そして、オーケストラが席について一旦静かになると――。二階席の一部にライトが当てられ、数人の男性が現われた。

「高木《たかぎ》首相だ」

と、真由美が言った。「あれ、奥さんね」

首相夫妻が来るのでは、SPの人数も多いわけだ。

「私、嫌いだ、あの人」

中には拍手する観客もいたが、あまり盛大とは言えない。高木首相は強引な政治手法で知られていて、藍も好きではなかった。

夫人はずいぶん首相より若く、派手な装いをしていた。

ともかく――これでコンサートは始まる。

場内の照明が落ち、ステージが一段と明るくなって、やがて指揮者が現われた。

ホールの中に、拍手が響き渡った……。


工藤雄一《くどうゆういち》がNホールに着いたのは、七時二十分だった。

入口でチケットを切ってもらったが、

「ただいま演奏中ですので……」

と、係の女性に言われて、

「ええ、分ってます。休憩まで待ちます」

と、工藤は言った。

二階席だ。エスカレーターで二階へ上ると、背広姿の男性が二、三人立っていた。

SPだ。誰か来てるんだな、と思った。

工藤は時々コンサートに足を運ぶので、こういう光景も見慣れている。

「失礼ですが」

と、若いSPが声をかけて来た。

「ああ、仕事で遅れちゃったんです。そこのソファで待ってますから」

と、工藤は言った。

「身分証を見せていただけますか？」

工藤はちょっとムッとしたが、逆らっても仕方ない、と思った。

「どうぞ」

社員証を取り出して見せる。

「結構です。——総理がおいでなので」

高木首相が？　それでやかましいのか。

工藤は、その若いSPが自分の大きなバッグをじっと見ているのに気付いた。——中を見せろと言い出すのかと思ったが、

「——失礼しました」

と、SPは言って、離れて行った。

やれやれ……。

これから美しい音楽を聴こうというのに、これじゃ台なしだ。

七時の開演に、充分間に合うはずだったのだが、いざ社を出ようとしたとき、得意先

からの電話でつかまってしまって、延々と世間話に付合されたのだ。

「ま、しょうがない」

と呟くと、工藤はソファに腰をおろした。

ホールの中の音が、少し洩《も》れて聞こえて来る。——工藤には、それがモーツァルトのピアノ協奏曲だと分った。

これは第二楽章だな。あと十五分くらいで休憩になる。

静かなロビーで、工藤は欠伸《あくび》をした。


拍手が続いて、ピアニストはモーツァルトの小品をアンコールに弾いた。

そして、休憩。

「ああ、眠かった」

と、真由美は欠伸をした。

「心地よい音楽が聞こえてるものね」

と、藍は言った。

高木首相夫妻が席を立って、扉の方へと向うのが見えた。

「——私、何か飲みたい」

と、真由美は言った。

「じゃ、ロビーへ出ましょうか」

と、藍も立ち上って、近くの扉へと歩き出した。

そのとき——。

バン、バン、と乾いた音がして、

「動くな!」

「伏せろ!」

と、怒鳴る声がロビーから聞こえて来た。

「藍さん、今の——」

「あれ、銃声だわ、きっと」

場内にいたSPたちが一斉に駆け出す。

「誰も動くな!」

と、SPの一人が叫んだ。「みんな席から立つな!」

真由美は呆然《ぼうぜん》として、

「何かしら?」

「さあ……。まさか首相が撃たれたわけじゃないと思うけど」

藍は、銃声らしいものが聞こえたのと反対側の扉を開けてロビーに出た。

SPは、反対側の方へ集まっているのだろう。一人も姿が見えなかった。

「真由美ちゃん、ここにいて」

と、藍が言うと、

「いやだ」

「もう……。じゃ、私の後ろに。いいわね」

「うん」

何人かの客はもうロビーに出ているので、ＳＰも止めようがなかったろう。

高木首相と夫人が、ＳＰに囲まれて、あわてて一階へとエスカレーターで下りて行くのが見えた。

「首相じゃなかったんだね」

と、真由美が言った。「じゃ、あの銃声は？」

藍は目立たないように、ゆっくりとロビーを進んで行った。

「おい、救急車！」

と、一人が叫んだ。

藍は息を呑《の》んだ。――ロビーのソファに座っている背広姿の男性が、ぐったりと頭を傍《かたわら》へ垂れている。

そして、そのワイシャツを、血が真赤《まつか》に染めていたのだ。

藍は、さっき言葉を交わした若いＳＰがその男のそばに立っているのを見た。

表情一つ変えていない。

藍には分った。あの若いSPが、ソファの男を撃ったのだ……。

2　任務

玄関のチャイムが鳴ったとき、涼子《りょうこ》はシチューを煮込んでいた。

「あら。――早いわね」

夫は、今夜はNホールのコンサートに行っているはずだ。終るのは九時過ぎだろうが、それから帰宅すれば十時は回る。

でも、まだやっと九時になったばかりだ。

ガスの火を止め、手を拭いて、

「はあい」

と、玄関へ出て行った。

自分で鍵を開けて入って来ればいいのに。

「お帰り――」

ドアを開けて、涼子はびっくりした。目の前に大勢の男たちが立っていたのだ。

「工藤雄一さんのお宅ですな」

と、一人が言った。

「はあ……。主人はまだ帰っていませんが」

「捜査令状です。家宅捜索に入ります」

「え？」

男たちがドッとなだれ込んで来た。涼子は呆然と立ちすくむばかりだった。

男たちは、居間や台所まで、次々に引出しを開けて、中身を床へぶちまけて行った。

「パソコンがあります！」

「よし、押収しろ」

涼子は我に返って、

「あの……主人に何かあったんですか？」

と、近くの男に声をかけた。

「何かあった？　とんでもないことをやらかすところだったんだぞ」

「何のことです？」

「工藤雄一は、高木首相を暗殺しようとしたんだ」

涼子は、夢を見ているのかと思った。

「——そんな馬鹿な！」

と、涼子は言った。「主人はどこなんです？」

「ＳＰに射殺されたよ」

と、男はアッサリと言って、「貯金通帳やカードを出して」

涼子は耳を疑った。

「今……何とおっしゃったんですか？」

「キャッシュカードやクレジットカード――」

「主人のことです！」

と、涼子は叫んだ。

「言ったろう。首相を暗殺しようとして、ＳＰに射殺されたんだよ」

涼子はよろけて、居間のソファにドサッと座り込んだ。

「おい！　ソファの下に何か隠してるかもしれん。調べろ！」

涼子はソファから追い立てられ、刑事たちがクッションの中まで取り出すのを、呆然と眺めていた……。

「工藤容疑者のバッグからは、ナイフが発見されたということです」

ＴＶのニュースの声が町田藍の耳に届いていた。

お昼のカレーライスを食べながら、藍は重苦しい気分だった。

「――なお、容疑者を射殺したことについて、国家公安委員長は、『やむを得ない措置だった』と語りました……」

藍の向いの席で、やはりカレーを食べていた、ドライバーの君原は、

「問答無用か。怖いね」

と言った。「君、Nホールに行ってたんだって？」

「ええ」

と、藍は肯《うなず》いた。

「じゃ、見てたの？」

「事件そのものは見てないわ。銃声を聞いたけど」

「そうか。じゃ、犯人も見てないの？」

「――見たわ。射殺されて、血に染って……。でも、犯人って言えるのかしら」

「首相を狙ったんだろ？」

「私は見てない。でも、工藤って人、ソファに座って死んでたのよ。ナイフを持って首相を襲おうとしたのなら、ソファに座ってるって、おかしくない？」

「まあね……。でも、何もしないのに射殺しないだろ」

と、君原は言った。

「そう……。たぶんね」

藍は呟くように言って、「さ、もう行かないと。お客さんがバスに戻って来るわ」

水を飲んで立ち上る。

今日は珍しく、「普通」のツアーだった。

藍のケータイが鳴った。

食堂を出ながら、

「もしもし、真由美ちゃん？」

「藍さん、今連絡があった。今夜のNホールのコンサートのチケット、取れたわ」

と、遠藤真由美が言った。

「ありがとう。代金はホールで払えばいい？」

「ええ。藍さんの名前になってる」

「ごめんなさい、お手数かけて」

「どういたしまして。じゃ、今夜Nホールでね」

「え？」

「もちろん、私も行く！」

「真由美ちゃん……」

藍はため息をついて、「分ったわ。でもチケット代は？」

「お父さんのカードから落とせるの。藍さんの分も落としとく？」

「自分で払うわよ」

と、藍は急いで言った。

「何かあるんでしょ？」

藍は苦笑して、

「かなわないな。――あの工藤って人が死んでいたソファを、もう一度見たいの」

と言った。「もうバスに戻るから。それじゃ」

藍は、〈すずめバス〉のマークの入ったバスへと小走りに急いだ。


「それで？」

と、男は言った。「何が言いたい？」

「いえ、別に……」

と、田所は言った。

男は笑って、

「何か言いたいことがあるから、ここへ来たんだろ？」

「はあ……」

田所は額に汗をかいていた。「実は――」

ケータイが鳴って、

「待て」

と言うと、男はケータイに出た。「ああ、高木だ。どうした？　――何だ、そんな心配はしなくていい」

高木は笑って、

「九時には帰るよ。大丈夫、ちゃんとSPがついていてくれる」

と言って、田所へ目をやった。「――うん、そうだな。夜食を軽く食べよう。――ああ、それでいい。じゃ……」

ケータイの通話を切ると、高木首相は言った。

「亜里沙《ありさ》からだ。この間の一件以来、心配性になってね」

「はあ」

「優秀なSPがついてる。心配いらんと言っておいたよ」

「恐れ入ります」

「それで？　話とは何だね」

――田所は何秒か黙って立っていたが、

「いえ、大したことではございませんので」

と、一礼した。「失礼しました」

田所は、首相の執務室を出ると、ハンカチを出して汗を拭った。

「だめだ……」

と呟いて、田所は首を振った。「とても言えない」

——官邸を出ようとした田所は、暗くなった表に立っている人影に気付いた。

「坂田か」

と、表に出て、「何してるんだ」

「ついさっき、勤務が終ったところです」

と、坂田は言った。

「お前……。今週一杯は休みじゃなかったのか」

「自宅にいても退屈で」

と、坂田は笑顔になって、「母からも、『どこかへ行ってらっしゃい』と言われたもので」

「そうか」

「田所さんも、今日はお休みでしょ?」

「ああ……。ちょっと用があってな」

田所は腕時計を見て、「もう帰るところだ」

「じゃあ、ご一緒に。——いいですか?」

「ああ、もちろん」

二人は官邸を出た。

通用口の警官が二人に敬礼する。

二人はゆっくりとした足どりで、地下鉄の駅へ向ったが……。

「ね、田所さん」

と、坂田が言った。

「何だ？」

「僕の休暇は、謹慎処分じゃありませんよね？」

田所は言葉に詰った。――坂田は肩をすくめて、

「いや、お袋が――母が心配してるんですよ。急に一週間の休みだなんて、何かまずいことをしたんじゃないのか、って。むろん、そんなことはないって言っときましたけど」

「そうか」

「でも言えないでしょ、あの工藤を射殺したのが僕だとはね」

「それはそうだ」

「母は、そりゃあ喜んでるんです。僕が世界のＶＩＰを守る任務についてるってことをね」

「そうだろうな」

「僕だって誇らしいですよ。でも、もちろん人に自慢したりしませんけどね」

と言って、坂田は笑った。

田所が足を止め、

「すまん。ちょっと用を思い出した」

と言うと、ちょうどやって来たタクシーを停めた。「じゃ、またな」

「ええ。——奥様によろしく」

田所はタクシーに乗ろうとして、振り向くと、

「女房に?」

「ええ。この前ごちそうになったロールキャベツは凄《すご》くおいしかったです」

「ああ。——そうだったな」

田所は肯いて、「伝えるよ」

——タクシーが走り出すと、田所は息をついた。ドライバーが、

「どちらへ?」

「ああ、すまん。N市のK団地へやってくれ」

田所は、シートにゆっくり座り直すと、ハンカチを取り出して汗を拭いた。もうハンカチはクシャクシャになっている。

——そうだった。

坂田を家へ呼んで、妻のさつきが手料理を出した。坂田は大喜びで食べて、

「おいしいですね！　うちの母は年齢《とし》のせいで味つけが昔風なんですよ」

と言っていた。

坂田が帰った後、さつきは、

「優秀な警察官に見えないわね。可愛い大学生みたい」

と笑っていた……。

しかし――あいつは人を殺した。

むろん、SPの任務として、人を殺さなければならないこともある。しかし、大勢のSPのメンバーでも、人を射殺したことがある者はほとんどいない。当然のことだ。

坂田は、「高木首相を守るために」工藤雄一を射殺した。――本当に、高木が危険にさらされていたのなら、それは正当なことだ。

しかし、工藤のバッグから見付かったナイフは、小さな万能ナイフで、およそ人を刺すようなものではなかった。

工藤の自宅から押収したパソコンや私信、ケータイのメールなど、どこを調べてもテロリストらしい痕跡は見当らなかった。反原発のグループとか、平和を守る会などに入っていたようだが、実際は名前だけで、デモに出たこともなかったようだ。

田所は、夫の死を聞いて、泣くことも忘れてただ呆然と突っ立っていた妻の姿を思い出していた。

工藤は本当に高木を刺そうとしていたのか。あるいは、そう判断されても仕方ない行動を取ったのか……。

坂田が工藤を射殺した瞬間を、誰も見ていない。田所が見たのは、ソファに座って、ぐったりしている工藤と、拳銃をしっかり構えている坂田の姿だった。

坂田は二発、弾丸を撃ち込んだのだ。

しかし……。


「お帰りなさい」

妻のさつきが田所の上着を受け取って、「どうしたの？　難しい顔して」

と言った。

田所はネクタイを引き抜くようにして外すと、ソファに座り込んだ。

「何かあったの？」

と、さつきが訊く。

四十一歳の田所より九歳若いさつきは、二十代半ばくらいにしか見えない。

「坂田を憶《おぼ》えてるか」

と、田所は言った。

「坂田さん？　ええ、もちろん。今度の、首相を守ったのは、あの人でしょ？」

「それなんだ」

と、田所は肯いて、「あいつは普通じゃない」

「どういう意味？」

「どう見ても、工藤は暗殺者じゃなかった」

「──そう。でも、それは仕方ないんじゃないの？」

「ああ、あり得ることだ。しかし、坂田は間違って人を射殺したことを、何とも思ってない。──人一人殺したんだぞ。少しは自分も辛《つら》いはずだ」

「だけど、坂田さんは任務に忠実だったのよ。それだけじゃない？」

「お前には分らない。──あいつは普通じゃない」

と、首を振って、「上司に相談してみる。俺には荷が重い」

「でも、あなた……」

「先に風呂に入る」

と、田所は立ち上って、「出てから飯にしてくれ」

「ええ、分ったわ」

さつきは、夫が脱いだスーツをハンガーにかけた。

バスルームからシャワーの音が聞こえてくると、さつきは自分のケータイを手に取った。

「——もしもし。——ええ、私。今日、主人と会った？——そう。さっき帰って来て、あなたのことを話してたの。それがね……」

さつきはバスルームの方を気にして、声をひそめた。

3　死の影

「これじゃないわ」

と、藍は言った。「似たデザインだけど、色が違う」

「そうね。私も憶えてる」

と、真由美は肯いて、「このカーペットに合った、もう少し淡い色だった」

Nホールの二階ロビー。

二人はコンサートの休憩時間に、あの工藤という男性が射殺されたロビーへやって来ていた。

「すみません」

藍は案内係の女性に声をかけ、「ここにあったソファは——」

と訊いてみたが、さっぱり分らないようだった。

「やっぱり処分しちゃったのかしら」

と、藍ががっかりしていると、

「おや、遠藤さんのお嬢様では？」

と、三つ揃《ぞろ》いのスーツ姿の男性が真由美に声をかけて来た。「このホールの支配人の安田《やすだ》です」

「あ、どうも」

真由美の父の会社はこのホールのスポンサー企業の一つなのだ。

「すっかり大人っぽくなられましたね」

「いえ、そんな……」

正直、真由美はこの安田という支配人のことなど、さっぱり憶えていないのだが、ニコニコして見せて、「そうだ。安田さん、一つお願いがあるんですけど」

「何でしょう？」

「ソファが見たいんです」

真由美の言葉に安田が目を丸くした……。

田所は、駅のホームに立っていた。

普通のサラリーマンとは違うが、それでも電車で通うことは変りない。

「――もしもし」

ケータイで、上司へかけると、「田所です」と言った。

「何だ、遅刻か？」

と、上司が明るい声で言った。

いつも真面目《まじめ》な田所である。

「いえ。実は、二人だけでお話が」

「ほう。何だ？」

「お会いしてから」

「分った。これからちょっと出かけるんだ。午後にしてくれ」

「分りました。では改めてお電話を」

「うん、そうしてくれ」

通話を切ると、田所は大きな欠伸をした。ゆうべはほとんど眠っていない。

普通の通勤時間帯ではないから、ホームは人で溢《あふ》れるというほどではなかったが、それでも空いてはいない。

「電車が参ります」

というアナウンスがホームに響いた。

田所は乗車口の印の方へと移動した。少しカーブしているホームに、電車が入って来るのが見える。

田所はもう一度大欠伸をした。――声も上げられなかった。

誰かが田所の背中を押したのだ。任務中なら用心もしていようが、今の田所はただの乗客の一人だった。

悲鳴が上って、急ブレーキの音と火花がまき散らされた。


「まただわ……」

と、田所さつきはため息と共に言った。

居間の電話が鳴っている。さつきももちろん自分のケータイを持っているから、家の電話にかかってくることは珍しい。

「何かしら……」

と、さつきは起き上ろうとしたが、

「放っとけよ」

さつきをもう一度抱きしめたのは、ベッドの中の坂田だった。

「もう……。昼間よ」

と、さつきは笑って言った。

「しばらく会えなかったんだ。いいじゃないか」

坂田はさつきの細身の裸身を抱きしめた。

「待って……。ねえ……」

さつきは押し戻そうとしたが、とても坂田の力にはかなわなかった。

「もしかしたら……主人かも」

「旦那なら、ケータイへかけてくるさ」

「私がよく充電を忘れるって知ってるから」

と、さつきは言った。「今朝、歯が痛いって言ってたの。もしかしたら、帰ってくるかも」

「そしたら、さぞびっくりするだろうな」

「笑いごとじゃないわ。ね、ちょっと待ってて」

やっとベッドから出ると、さつきはバスローブをはおって、寝室を出た。

居間の電話は鳴り続けている。

「――はい、もしもし」

と、少し呼吸を整えてから出る。「――あ、部長さん、主人がいつも……」

話を聞く内、さつきの顔がこわばって来た。

「あの……それで主人は……けがはひどいんでしょうか」

自分でも気付かない内に、さつきはソファに座り込んでいた。

「はあ……。分りました。すぐに……参ります」

声がかすれた。

受話器を戻すのも忘れて、さつきはぼんやりと座っていた。

「どうしたって？」

坂田が腰にバスタオルを巻いて、立っている。

「主人が……電車にひかれて……死んだって……」

さつきはそう言って、「行かなきゃ……。でも……どこへ行くんだったかしら？　聞いたけど……忘れちゃったわ」

「可哀そうに」

坂田はソファに並んで座ると、さつきの肩を抱いた。

さつきは、ふと坂田を見て、

「あなた……どうして驚かないの？」

と訊いた。「主人が死んだっていうのに……」

答えは自《おの》ずと知れた。

「あなた……。あなたが主人を……」

と、目を見開く。

「いやになったと言ってたじゃないか。それに田所さんは僕を辞めさせようとしてた」

「何てことを……。殺すなんて！　あなたは本当に『普通じゃない』わ。主人の言った通りだった」

坂田の表情が険しくなった。

「僕を『普通じゃない』なんて言うな！　僕は優秀な人間なんだ！」

「触らないで！　出て行って！」

さつきが坂田の手を振り払い、立ち上ろうとする。次の瞬間、坂田がソファの上の受話器をつかむと、コードをさつきの首へ巻きつけた。

「やめて――」

そのひと言も、ちゃんと言い終らなかった。坂田の腕の筋肉が固く盛り上って、コードがさつきの首に深々と食い込んだ……。


「こちらがステージの袖になります」

Nホールの支配人、安田は、真由美に向って言った。

「ステージに立ってもいい？」

「もちろんですとも！　さ、どうぞ」

真由美と、同じツアーに参加している客十人ほどがゾロゾロとNホールのステージに立って、

「わあ、凄い」

「いい気分ね」

「声がよく響くね」

と、口々に言っている。

しかし——安田は、何とも妙な気分だった。

この手のバックステージツアーは、このNホールでも珍しくない。安田も、特に大切な客のときには、こうしてガイドに立つ。

今日は遠藤真由美から、「ぜひ！」と頼まれてのことだったが……。

しかし、どうも、このツアー客はホールのことに関心がない様子なのである。

説明すると、一応は、

「へえ」

「なるほど」

と、肯いてみせたりするのだが、どうも、

「どうでもいいや」

と思っている様子なのだ。

「あ……。町田さんでしたね」

今日はバスガイドの制服姿の町田藍へ、安田は声をかけた。

「今日はありがとうございます」

と、藍は礼を言った。

「いやいや。しかし――これでよろしいので？」

「もちろんです。なぜですか？」

「それならいいんですが……。どうも皆さん今一つ関心をお持ちでないようで」

「まあ、そんな」

と、藍は笑って、「皆さん、天下のNホールに入れて、緊張されているんですわ」

「そうでしょうか……」

真由美がやって来ると、

「ね、藍さん！　早く行こう！」

「記念撮影でもしたら？」

「それは他の所でする」

安田は首をかしげた……。

一行はステージを下りると、楽屋を案内してもらった。

「ここでツアーは終りとなります」

と、安田が言うと、

「倉庫は？」

「は？」

「あの扉ですよ」

と、真由美は廊下の奥の、両開きのドアを指さした。

みんなが一斉にそのドアの方へ。

「あの――待って下さい！」

安田があわてて、「そこはただの倉庫ですよ！」

「すみません」

と、藍が言った。「この間、断られた、問題のソファがここに入っているはずです」

「ソファ……。それで今日こちらへ？」

「ええ。扉を開けて下さい。ソファを見たいんです」

「そんなことを……」

「黙っててあげるから！　ね？」

と、真由美が安田の腕を取って言った。

「はあ……」

安田はため息をつくと、「そんな物を見て何が面白いんです？」

と、渋々鍵を取り出し、倉庫の扉を開けた。

「あなたも貴重な経験をされるかもしれませんよ」

と、藍は言った。「この倉庫から、ある人の悔しさがにじみ出ています」

扉が開き、廊下の明りが射し込むと、そこにソファはあった。

「これだわ！」

と、真由美が言った。「工藤さんって人が射殺されたときに座っていたソファ」

「待って」

藍が人々を止めて、「じっとしてて下さい。会いたがっています」

と言った。

フッと冷気が漂うと、ソファの辺りに白く霧が立ちこめて、やがてそれは人の形になった。

「――あなた！」

客の一人が進み出た。――工藤の妻、涼子だ。

藍が涼子を止めて、

「あのときの光景です」

と言った。

工藤はバッグを傍に、のんびり座っている。

そして――誰かに気付いて、何か話しかけた。にこやかに。

しかし、次の瞬間、工藤の目は大きく見開かれて――。

工藤の胸に血がはじけた。二度。

そして工藤はぐったりとソファの中で動かなくなった。

「――何もしてないじゃない」

と、真由美が言った。「バッグの口を開けてもいない」

「それなのに、なぜ……」

と、涼子が言った。

そのとき、

「何してるんだ！」

と、声がした。

「あなたですね。工藤さんを射殺したSPは」

と、藍は言った。「工藤さんはテロリストではなかった。ただあなたは誰かを殺してみたかったんでしょう」

「馬鹿を言うな！」

と、坂田は怒鳴った。「SPは、VIPを守るためなら、たとえ人違いだろうと人を殺していいんだ！」

坂田はソファにかけている工藤の姿に気付いて、ギョッとした。

「何だ、あいつは！」

「理由なく殺され、しかもテロリストの汚名を着せられて、工藤さんは悔しかったんです。その思いが残ってるんですよ」

「ふざけるな！」

坂田が拳銃を抜いた。「何のトリックだ！」

「皆さん、避《よ》けて下さい」

と、藍は言った。「ここでツアー客を撃ったら、いくら何でもテロリスト扱いできませんよ」

「誰がそんな話を信じるんだ？　僕は天下のSPなんだ。僕の証言を信じてくれる」

そのとき、坂田の目が大きく見開かれた。

「――田所さん！」

藍は、ソファのそばに立っている血まみれの男を見た。

「あのときのSPの人ですね。――あなたはその人も殺したんですか？」

「幻覚だ！　畜生！」

坂田はソファに向けて引金を引いた。しかし、弾丸は出なかった。

そして――もう一人、バスローブ姿の女性が、ソファの後ろに現われた。首に電話のコードが巻きついている。

「三人も……殺した？」

さすがに藍も青ざめた。

「SPだ！　僕には人を殺す権利があるんだ！」

坂田が銃口を藍へ向けた。

そのとき、銃声が二度響いて、坂田の体がゆっくりと崩れ落ちた。

「SPです」

と、数人の男たちがやって来た。「この男は、精神を病んでいまして。殺人容疑で射殺しました」

涼子はソファに向って、駆け寄った。

「あなた！」

他の二人は消えて、工藤の姿も消えつつあった。しかし涼子がすがるように近寄ると、目を開き、ニッコリと笑った。

「あなた……。分ってくれたのね、私を」

涼子が手を伸した。

工藤の姿が消えた。

「――ご覧になりました？」

と、藍はSPたちへ言った。「人一人死ぬということが、どんなに重いことか」

「我々はSPです。任務があります。――しかし、今の光景は、憶えておきます」

「そうして下さい」

男たちは手早く坂田を運び去った。

「——町田さん、ありがとう」

涼子が涙を拭いて、「このソファを譲っていただけないかしら」

「お届けしますよ」

と、安田が言った。「これはあなたのそばにあるべきです」

「安田さん！　ありがとう！」

真由美が安田の頰にチュッとキスした。

安田は真赤になって、

「では……これにて、バックステージツアーを終ります」

と、上ずった声で言った。

ツアー客が一斉に拍手した。

夢は泡に溶けて

1　真珠

シャンパンのグラスが配られると、披露宴の会場には、静かなどよめきが広がった。

——どうしたんだろう？

みどりはちょっと戸惑って、隣の佐川勇一《さがわゆういち》の方を見た。

たった今、みどりの夫となった男である。

披露宴の客たちが、何を囁《ささや》き合っているのか、花嫁であるみどりには聞こえない。しかし、夫の佐川勇一にはちゃんと分っているようで、口もとには得意げな笑みが浮んでいた。

「ねえ……」

と、みどりは少し夫の方へ体を向けて、

「どうしたの？　何を話してるの、みんな？」

と話しかけたが、佐川は正面を向いたまま、

「その内、分るよ」

とだけ言った。

みどりはちょっと不満げに口を尖《とが》らして、それでも次々に写真を撮りにやって来る友人知人たちの手前、すぐ笑顔に戻らなくてはいけなかった。

みどりは、この結婚自体を後悔しているわけではなかった。

そう。——後悔している、なんて言ったら、ここへやって来ている友人たちから、

「何、ぜいたく言ってるのよ！」

と叱られることだろう。

それに、確かにみどりは佐川勇一を愛していないわけではなかった。その愛は、決して佐川の「財産」に向けられたものでもなかったのだ。

二十代にして億万長者となった「時代のヒーロー」の一人、佐川勇一との、華やかなデートや、一流レストランでの食事は楽しかった。今、三十一歳の佐川は、正に「前途洋々」（とは古い言い回しだが）の若き実業家だ。

TVにもよく出て、顔が知られているので、付合っていることを周囲に隠すわけにもいかなかった。——婚約、結婚は自然の流れだった。

ただ、この結婚式には、みどりも「もったいない！」と、つい言ってしまったのだが、お金を出すのは佐川で、当人が「どうしても」と言えば文句は言えない。

ここはベルギーのブリュッセル郊外にある十八世紀の城館。豪華な装飾と美術品に溢《あふ》

れた広大な館。そして、歩いたら一時間では回り切れない庭園……。

国際会議などに使われている場所だが、その大広間に、三百人の招待客。大半は日本人で、みどりの友人も十人来ている。その飛行機代、ホテル代も全部佐川が出しているのだ。

友人たちが、正に「玉《たま》の輿《こし》」と羨しがるのは当然と言えた。

もちろん、みどりも二十五歳の女性である。こんな夢のような結婚式や披露宴が嬉《うれ》しくないはずはない。

ただ――みどりにとって一番信頼できる親友、町田藍は、佐川を紹介した後二人きりになると、

「あの人、大丈夫?」

と、心配してくれた。

その町田藍は、大手バス会社のガイドをやっていて、この式に来るどころではなかったのだった……。

「――皆様」

司会はTV局のアナウンサー。よく通る声が、大広間に響き渡った。

「もうお気付きですね。今お配りしたシャンパンのグラスの中に、白くて丸い真珠が一粒ずつ入っています。それは本物の真珠です! しかも大きさも輝きも極上! どうぞ、

シャンパンを飲み干したら、その真珠を大切に取っておいて下さい。――指輪でも、ペンダントでも、ブローチでも、お好きなものに加工いたします。むろん、タダです!」

一斉に拍手が起った。

佐川勇一はニッコリ笑って、小さく頭を下げたのだった……。

「道が混んでるな」

と、ドライバーの君原が言った。

駅前へ出る大通りは、夜の九時だというのに、大渋滞していた。

「せっかく時間通りに解散したのに……」

と言ったのは、バスガイドの町田藍である。

二十八歳になる町田藍は、かつて最大手の〈はと〉に勤めていたが、リストラされて、今は、およそ知名度の低い〈すずめバス〉でガイドをしている。

ドライバーの君原は、腕が確かで、しかも二枚目という珍しい(?)頼りになる存在だった。

今日は十人足らずの客を、少し手前で降ろして、本社兼営業所へ戻るところだった。

しかし、この混み方では、駅を抜けるだけでも三十分はかかりそうだ。

「――よし」

と、君原がハンドルを握り直して、「近道するか」

「ここから？　大丈夫かしら」

「どこかでつかえたら諦めるさ。空いてりゃ五分で抜けられる」

「分ってるけど……」

「どうだ？　君の霊感で、道が空いてるか見透せないか？」

藍はジロッと君原をにらんで、

「私をからかうと、罰《ばち》が当るわよ！」

と言ってやった。

藍は霊感が強く、しばしば普通の人に見えないものを見てしまう。それが〈すずめバス〉の売りものにもなっていたが……。

「よし、行くぞ！」

君原は大きくハンドルを切ると、大型バスが入れるぎりぎりの幅の細い道へと入って行った。

クネクネと曲った道は、確かにスンナリ通れれば近道なのだが、途中、路上駐車している車でもあれば、立ち往生する。また、最悪の場合、反対方向からの大きな外車と出くわすこともある。

そういう車に乗っているのは、かなりやばい連中なので、バスの方が決死の覚悟でバックしなければいけないのだ……。

「いいぞ。今夜は行けそうだ」

と、君原は言った。

その細い道の両側には、ズラリと派手なネオンサインのラブホテルが並んでいた。

——そういう一画なので、客を乗せて通るわけにいかない。

しかし、今夜はうまく——。

「おっと!」

急ブレーキで、藍は危うく席から転り落ちるところだった。

「大丈夫か?」

「何とかね……」

目の前のホテルに、タクシーを降りた男女が入って行くところだった。タクシーはバスと同じ方へ向っていたから、つかえる心配はない。

ホテルへ男が入って行き、少し遅れて、コートのえりを立てた女が……。バスのライトの方へ、女はチラッと顔を向けた。

「あ——」

藍は一瞬、声を上げた。

「どうした?」

「いえ……。いいの。行って」

と、藍は言った。

バスは無事にホテル街を抜けた。

「やったぞ！　これで二十分は早く着ける」

と、君原は自慢げに言ったが、藍はただ、

「そうね……」

と、呟《つぶや》くように言っただけだった。


〈二時間休憩料金……〉

という文字が目立っていた。

藍は、そのホテルの前に来て、腕時計を見た。――さっき、ここを通ってから、ほぼ二時間。

あの男女が、二時間フルに〈休憩〉したとすれば、そろそろ出て来るだろう。

バスは営業所へ戻り、掃除も終らせて来た。――むろん、会えるとは限らないが、それでも来ずにいられなかったのだ。

かなり底冷えする晩秋の夜。コートは少し薄手で寒かった。

あまり長くは待てない。――風邪をひいてしまいそうだ。

しかし、十分ほどして、男が出て来た。さっきの男と似ている。もしかすると……。

男一人がさっさと行ってしまい、少し間《ま》を置いて、女が出て来た。

「――みどり」

と、藍が声をかけると、ハッと振り向いた女は、しばらく藍を眺めていた。

「――藍？　町田藍なの？」

「ええ！　良かった、憶《おぼ》えてくれて」

藍は微笑《ほほえ》んで、「びっくりさせてごめんね」

「藍……。どうしてここに？」

「さっきバスでこの前を通って。ちょうどここに入って行くあなたを見かけたの」

「ああ……。大きなバスがいたわね」

「あのガイドしてたのよ、今日」

「そうか……。藍、まだバスガイドしてるのね」

「他に能もないしね」

と、藍は言って、「ね、みどり。今一緒だった人、恋人？」

みどりはちょっと目をそらして、

「そうじゃない。名前も知らないわ」

「じゃあ……」

「お金もらって、抱かれてるの。——これが仕事なのよ」

みどりは強がって見せて、「笑っても、馬鹿にしてもいいわよ」

「みどり……。少し話さない？」

藍が促すと、みどりは唇をかみしめて、

「藍……。私なんかと口きいてくれるの？」

と、涙をこぼした……。

2　魔力

佐川勇一との幸せな日々は、長く続かなかった。

いや、結婚生活も、佐川が海外、日本各地を飛び回っているので、一緒に過す日が珍しいくらいだったのである。

みどりとしては、「佐川勇一の妻」として、パーティに出たり、有名人と会食したりするのが仕事で、昼間は大学時代の友人と会ったり、買物や美容院を巡るしか、することがなかった。

都内の一等地のマンションに住み、外国のスポーツカーも買ってもらって、はた目には何不自由ない日々だった。しかし、

「これが結婚なの？」

という思いも、消すことはできなかった。

そして――一年が過ぎたころだった。

佐川は突然逮捕された。容疑は脱税だったが、家宅捜索やオフィスの捜査は徹底していて、何か裏にあると思われた。

その一方で、それまで佐川をビジネス界の「天才児」と呼んでスター扱いしていたマスコミが一夜にしててのひらを返し、「落ちた偶像」扱いするようになった。

佐川の派手な暮しぶり、女性関係から、そのビジネスを「詐欺」呼ばわりする始末。

一体何があったのか。――みどりの全く知らないところで、すべてが崩れていった……。

「失うのはアッという間だったわ」

と、みどりは言った。

小さなレストランで、遅い夕食をとりながら、藍はみどりの話を聞いていた。

「それに――」

と、みどりは言った。「確かに財産はあったけど、凄《すご》い額の借金もあったのね。一斉に取り立てが殺到して……。土地も家も、すべて失《な》くしてしまった」

「大変だったのね」

みどりはちょっと息をついて、

「今は小さな借家住い。あの人は釈放されたけど、虚脱状態で何もしないの」

「じゃ、今、収入は？」

「今夜みたいな、私の稼ぎだけよ」

と、みどりは言った。「働くといっても……。あの人と二人、食べて行くだけの収入のある仕事なんて見付からない。——友だちだって、いいときは群がるように寄って来たのに、仕事を紹介してもらおうと思っても、電話にも出てくれないわ」

みどりは藍を見て、

「あなた、大丈夫なの？　私なんかと付合って——」

「やめてよ」

と、藍は遮って、「お金はないけど、力になれることがあればなるわ」

「ありがとう……」

と、みどりは涙ぐんで、「藍だけだわ、友だちって呼べるのは……」

「さあ、そんなに湿っぽくならないで」

と、藍は微笑んで、「私たち、まだ二十八よ！　これから何だってできるわ」

「そう……。そうか」

と、みどりは初めて気付いたように、「私って、まだ若かったんだ」

「そうよ。——あんなことで暮してちゃいけないわ。何か考えましょうよ。ね?」

藍はみどりの肩を叩《たた》いて、「ともかく、今はお腹《なか》一杯食べること!」

と言った。


「立派な真珠だ」

という声に、安井晶子《やすいあきこ》は、

「え?」

と振り向いていた。

四十前後だろうか、なかなか渋い紳士が晶子の手を見ていた。

「失礼。その指輪の真珠が、みごとだったのでね」

「ああ……。どうも」

安井晶子はちょっと胸をときめかせた。

つい最近、恋人と別れたばかりだったこともあって、こうして仕事の後、一人で飲む日が多かった。

そんなとき、この紳士は……。

「もらいものなんです」

と、晶子は言った。

「ほう。彼氏からのプレゼントでしょうね」

「男は男ですけど、友人の旦那で」

と、晶子は笑って、「そのころはとても羽振りが良かったんです」

「ご一緒しても？」

「ええ、もちろん」

晶子はカウンターの席で、ニッコリと笑った……。


「安井晶子さん、二十八歳と分りました」

TVニュースの声に、町田藍は食事の手を止めて、

「安井晶子って……。どこかで……」

仕事を終えての帰り、〈すずめバス〉のお得意様で、十七歳の女子高校生、遠藤真由美と待ち合せて食事していた。

TVの点《つ》いているような大衆食堂だが、いい家のお嬢様、真由美にとっては、変っていて面白いらしい。

「丼物っておいしいね」

と、真由美は言った。「こういうくどい味も、たまには――。藍さん、どうしたの？」

藍はじっとTVを見ていた。

「——やっぱりそうだ。可哀そうに」

「何のニュース？」

「殺人事件。——殺されたの、高校の同窓生だわ。同じ学年だった」

「へえ。でも犯人、捕まったみたいね」

「金山《かなやま》太《ふとし》容疑者、四十歳が逮捕されました」

ＴＶ画面には、藍も知っている安井晶子の高校生のころの写真にかわり、ごく普通のサラリーマンらしい男の写真が映しだされた。

「容疑を認めています。金山容疑者は、被害者のはめていた真珠の指輪のせいで犯行に及んだと供述しているそうです」

「へえ」

と、真由美は感心したように、「今どき、真珠の指輪で殺人？　信じらんない」

「それだけじゃないんでしょうね」

と、藍は言った。「安井晶子……。スッキリしたきれいな子だったわ」

ともかく食べてしまおうと、藍は定食を平らげにかかった。

二人は食堂を出て、コーヒーハウスへ。

「ちっとも安く上らないわ」

と、藍が言うと、

「いいわ。ここ、私がおごる」

「よしてよ。高校生に社会人がおごられちゃ……」

「そんなの関係ない。私、たっぷりおこづかいもらってるんだもの」

と、真由美は言った。

「ま、いいか。じゃ、ごちそうになるわ」

二人はケーキとコーヒーで、おしゃべりを続けていたが……。

「私のケータイね。――もしもし」

と、藍は出て、「みどり。――どう、その後？　――え？　TVのニュース？」

「そう。安井晶子って……」

「ええ、気が付いたわ。可哀そうにね」

と、藍が言うと、

「聞いた？　犯人は真珠のせいでやった、と言ってるって」

「ええ、それが何か？」

「その指輪って、私が結婚したとき配った真珠よ、きっと」

「へえ……。私は出てない」

「あ、そうだったわね！　ね、藍、今から時間ある？」

と、みどりは言った。

「これで三人目なの」

と、みどりは言った。

「三人目？」

「私が知ってるだけで。他にもいるかもしれない」

みどりは、藍たちのいる店に急いでやって来ると、同じくケーキとコーヒーを頼んで、

「これで三人目なの」

と言ったのである。

「みどり……」

「真珠の呪い？　凄いなあ」

と言ったのは、その方面の話となると目がない遠藤真由美だった。

「今思えば、馬鹿なことしたわよね」

と、みどりは言った。「もちろん、主人の考えたことで、私もびっくりだったわ」

「シャンパンの底に、大粒の真珠……。凄いこと考えたもんね」

「人それぞれ、指輪にしたり、ペンダントにしたりしたわ。——ね、藍、聞いて」

「どうしたの？」

「もう三人目なの。あのときの真珠を持っている人が殺されてる」

藍は唖然《あぜん》とした……。

「——大学のときの友人が二人、そして高校からの友人が一人。それもね、犯人がみんな『真珠のせいで』って言ってるの」

と、みどりは言った。「二人ならともかく、三人となると、ただの偶然じゃないわ。そう思わない？」

「思う！」

と言ったのは真由美だった。

「他の二人も犯人は捕まってるのね？」

「そうなの。——ね、藍はこういうことに詳しいでしょ？〈呪い〉とか……」

「待ってよ」

と、藍は言った。「あの披露宴には何百人も出てたんでしょ？」

「そうなの、三百人くらい。——みんな真珠を持ってるわ」

藍は気が進まなかったが、ただ犯人が「真珠のために」殺したと言わず、「真珠のせいで」殺した、と言っていることは気になっていた。

真珠のせいで？——そんなこと、あるんだろうか？

「やっぱり〈呪い〉よ！」

と、真由美が嬉しそうに言って、「私、ケーキ、もう一つ食べよう。藍さん、どう？」

今にも塀が壊れそうな、古い一軒家だった。

「真暗《まつくら》ね」

と、町田藍は言った。

「できるだけ、明りも点けないの」

と、みどりが言って、玄関の戸を開けた。「電気代、節約しないと。——入って」

みどりは玄関へ入ると、

「あなた。——ただいま」

と、声をかけた。

明りを点けると、寒々とした茶の間である。

「おかしいわ。どこに行ったんだろ」

みどりは、「あなた。——勇一さん？」

襖《ふすま》を開けて、みどりはハッと息を呑《の》んだ。

「あなた！」

藍は、下着姿の男が天井から首を吊《つ》って揺れているのを見て、

「真由美ちゃん！　包丁を取って！」

と叫ぶと、みどりを押しのけ、佐川の両脚をしっかり抱えて、体を持ち上げた。

「まだ間に合うかも。真由美ちゃん！　倒れてる椅子を起して、包丁で縄を切って！」

「分った！」

真由美は、佐川が使った椅子を起すと、その上に上って、包丁で縄を切ろうとした。

「――切れない！」

「頑張って！」

「えい！　やっ！」

何度も包丁の刃を力一杯縄に押しつけると、縄が一気にほどけて、音をたてて切れた。

藍は佐川の体重を受けて、一緒に床に転った。

「みどり！　一一九番！　救急車を呼んで！」

「あ……。ええ、そうね」

呆然《ぼうぜん》と立ちすくんでいたみどりは、震える手でケータイを取り出した。

「――藍さん、どう？」

と、真由美が覗《のぞ》き込む。

「待って」

藍は佐川を仰向けにすると、胸に耳を押し当てた。

「――かすかに打ってる！　すぐ手当すれば……」

と、藍が言いかけたとき、突然佐川がカッと目を開けて、

「みどり……」

と、かすれた声で言った。「真珠が……」

「佐川さん！」

「真珠が……間違いだった！」

そう言って、佐川は再び意識を失ってしまった……。

3　連鎖

その部屋には、七人の女性たちが集まっていた。

「ごめんね、みんな」

と、みどりが言った。「気が進まなかったと思うけど、よく来てくれたわ」

「みどり……。大変だったのね」

と、一人が言った。「ご主人はどう？」

「ありがとう。——何とか命は取り止めたけど、しばらく入院することになると思うわ。お金が続けば、だけど」

みどりの言葉に、友人たち七人はみんな目をそらした。

「——お待たせしました」

と、藍が入って来た。「私、町田藍です。知ってる顔もいますね」

藍は、〈すずめバス〉の中の会議室——といっても、ただの物置に近い——に、みどりと佐川の結婚式に出席した、みどりの友人たちを呼んだのである。

「どういう用なの?」

と、一人が不機嫌そうに、「私、そうゆっくりしてられないのよ」

「分りますが、聞いて下さい」

と、藍が言った。「命にかかわることなんですから」

その言葉に、みんなが不安げに顔を見合せた。

藍は、結婚式で配られた真珠を持っていた三人が殺されていることを説明して、

「まず初めに。——その真珠を持って来ていただけましたか?」

少し間があって、一人がバッグから真珠のブローチを取り出してテーブルに置いた。

それを見て、他に一人、二人……。

「——三人だけですか」

と、藍は言った。「他の四人の方は?」

「私、もう持ってない」

と、一人が言った。「売っちゃったの。家計が苦しくてね」

すると、他の三人が、

「私もよ。売っちゃいないけど、質屋に入ってる」

そして、ブローチを出した一人――間充代《はざまみつよ》が口を開いた。

「町田さんって、〈幽霊と話のできるバスガイド〉さんね。みどりから聞いたことがあるわ」

「みどりの友人たちに配られた真珠に、何かあるようなんです」

と、藍は言った。

「何かって……」

「言い方はよくありませんが、〈呪い〉のようなものです」

「そんな……」

「いえ、そうかもしれない」

と、真珠を持って来なかった一人が言った。「うちは破産したの」

「まあ。あなたの家、山を持ってて、大金持だったじゃないの」

「それがね、父が認知症になってて、周囲がそのことに気付かなかったの。それで怪しげな開発話に乗って、山も土地も全部借金の担保になって、取られちゃった」

「まあ。気の毒に……」

「おまけに、うちの主人が保証人になってて。私の家まで……。あの真珠のせいなら、許せないわ」

「ごめんなさい……」

と、みどりがうなだれる。

「待って下さい」

と、藍は言った。「真珠を手放したことで、命が助かったのかもしれませんよ」

「じゃ、私は命が危い？」

と、間充代が言った。

「ふしぎなことがあります」

と、藍は続けた。「真珠は、あのときの出席者、三百人全員に配られていますが、みどりのお友達以外には殺された人はいません」

「どうしてかしら？」

と、みどりが言った。

「分らないけど……。ともかく、今真珠をお持ちの三人は、それを持ち歩いたり、身につけたりしないで下さい。念のためです」

と、藍は言って、全員を見渡すと、「私は佐川勇一さんが少し回復したら、この真珠について、訊《き》いてみます」

しばらく、誰も口を開かなかったが——。

「町田さん」

と、間充代が言った。「このブローチ、預かってくれません？」

「すると何か？　君は一人で三人分の〈呪い〉を引き受けて来たのか」

そう言って、〈すずめバス〉の社長、筒見は笑った。

藍はジロッと社長をにらんで、

「笑いごとじゃありませんよ」

「まあ、君は悪運が強い。大丈夫さ。何しろ幽霊の友人が大勢いる」

言い返す気もしなくて、藍は前日のツアーの精算を始めた。

「あ……」

ケータイが鳴って、出てみると、

「町田さんですか。間充代です」

「あ、先日はどうも」

「あの――実は妙なことが」

「何ですか？」

「メールが来たんです、呼出しの」

「誰から？」

「それが……殺された安井晶子さんからなんです」

と、充代は言った。

「まあ、亡くなった方から？」

「ええ。もちろん、安井晶子さんのケータイを使ってるだけだと思うんですけど……」

「それで、何と言って来たんですか？」

「あの――〈今さらあの真珠を捨ててもむだです。もうあなたは呪いをかけられているんですから〉って」

「そんな……」

「それで、三日後の夜中に、〈TV番組の収録があるからKテレビのスタジオへ来て下さい〉とあって、〈あなたのためです。安井晶子〉と……」

「分りました。三日後ですね。私もご一緒しましょう」

詳細をメモして、藍は通話を切った。

安井晶子を名のって、誰かがメールを送っているのだろう。

でも、誰が？

藍は、ふと気付いて、社長の方へ目をやった。

「――社長、何をニヤニヤしてらっしゃるんですか？」

社長の筒見は、

「いや、やはり幽霊からのメールとは!」

「聞いてたんですね」

「当り前だ!」

と、筒見はえらく張り切っていて、「早速、ツアーを組もう」

「社長——」

「タイトルは、〈真珠の三つの罪〉なんてどうかな」

「私、ただ同行するだけですよ」

「いや、きっと何か起る! 私が請け合う」

「そんな無茶な……」

またケータイが鳴った。遠藤真由美からだった。

「あ、もしもし。——え? メールが行った? 誰から?」

「うん。幽霊じゃないけど、ツアーのご案内だったの。おたくの社長さんから」

「え?」

藍は呆《あき》れて筒見の方へ目をやったが、筒見は知らん顔でパソコンをいじっている。

全く、もう!

「藍さん、何があったの?」

と、真由美が訊く。

仕方なく、間充代の話をすると、

「TV中継で、幽霊が現われるのかなあ！　私、絶対行く！　申し込んどいてね」

藍は筒見の方を見ながら、

「もう登録してあると思うわよ……」

と言った。


病院の廊下で、藍はみどりと出会った。

「みどり。どう、ご主人の具合？」

「ふさぎ込んでるけど、話はできると思うわ」

みどりは買物して来た袋を手にさげていた。

「食べるもの？」

「うん。――お金ないのに、口だけはおごってるからね」

と、みどりは肩をすくめて、「以前、血圧が高くて入院したことがあるの。超高級な個室でね。一泊十万以上したわ。でも今は六人部屋。それが面白くないんでしょ」

「ともかく話を聞きたいの」

「何でも言ってやって。大丈夫。自殺しかけたのを後悔してるから」

病室の一番奥のベッドで、佐川勇一は仏頂面《ぶっちょうづら》で寝ていた。

「あなた。町田藍さんよ。あなたの命の恩人よ、お礼言って」

と、みどりが言うと、

「余計なことしてくれたよ。こっちは死ぬつもりだったのに」

と、顔をしかめる。

「死ぬのは勝手ですが、他の人を巻き込まないで下さい」

と、藍は言った。

「何の話だ？」

「私が話したでしょ」

と、みどりが呆れて、「人が殺されたのよ、三人も」

「そんな話、したか？　ろくに聞いてなかった」

「全く……」

「私がお話しします」

藍が状況を説明して、「みどりさんの友人以外の人たちには何も起っていないようなんです。佐川さん、あの真珠は、どこか別の所から手に入れたんじゃないですか？」

佐川はまじまじと藍を眺めて、

「あんた、よく分るな」

と言った。「その通りだ」

「じゃ、どこで？」

「あの結婚式の当日になって、予定してなかった出席者や、一人のはずが、急に女房連れで来た奴《やつ》とかがいて、真珠が足りなくなったんだ。何とか用意できないかとスタッフに言ったが、とても無理だと言われ、ちょうどみどりの友人の数ぐらいだったんで、その分だけ後で送ろうと思った。ところが、間際になって、あの館で働いてる男が、俺をこっそり隅へ呼んで、布の袋に入った真珠を見せたんだ」

「売ろうとしたんですね」

「そうだ。大方、あいつも屋敷に伝わってる真珠を盗んで来たんだろう。ともかくアメリカドルで払ってやったら、向うは大喜びしてた。——それを急いで、女たちのグラスへ入れたのさ」

「そんなことするから……」

と、みどりが言った。

「佐川さん、その真珠のことで、何か聞きませんでしたか？」

「うん？　ああ……。その売った奴が、色々言ってたな」

「どんなことを？」

「忘れたよ」

「少しは憶えてらっしゃるでしょう。思い出して下さい！」

「思い出してもむだだ」

「どうして？」

「あいつ、フランス語で話してたからさ。俺はフランス語なんて分らない」

藍はため息をついた。

「——分りました。ともかく、みどりに苦労かけないで下さい」

「こいつは俺に尽くすのが楽しいんだ。な。みどり？」

佐川は呑気《のんき》そうに言った……。


「とても、自殺しようとした人に見えないわね」

と、病院の玄関へ向いながら、藍は言った。

「強がってるのよ」

と、みどりは苦笑して、「私、あの人が退院したら、離婚しようと思ってる」

「え？」

「さぞびっくりするでしょうね」

みどりの気持も分らないではない藍だった。

「——じゃ、私もそのＴＶ局に行くわ」

と、みどりは言った。

「そうね。何が起るか分らないけど……」

藍は何となく不安な思いを消せないでいた……。

4　相寄る力

「深夜のKテレビです」

と、深夜番組の司会の女性アナウンサーが言った。

藍は、筒見が声をかけて、たちまち集まったいつものメンバーを引き連れて、Kテレビに来ていた。

仕事だから、〈すずめバス〉の制服。

「――どうも」

Kテレビのスタジオの入口で、間充代が待っていた。

「その後何か？」

と、藍は訊いた。

「いいえ。安井晶子さんのケータイは見付かってないそうです」

「じゃ、誰かが拾うか、盗むかして、手に入れたんですね。殺した犯人は捕まっていますから」

「本当に、晶子さんからでしょうか」

「さあ、何とも……。スタジオでは何をやってるんですか？」

「〈朝まで楽しく〉という番組です」

楽しくなりそうにないわ、と藍は思った。

「――町田藍さんですね！」

と、女性アナウンサーがマイクを手にやって来る。

「はあ」

「お待ちしてました！　どうぞ中へ」

藍は、わけが分らず、スタジオの中へ引張って行かれた。

「〈幽霊と話のできるバスガイド〉として有名な町田藍さんです！」

と、いきなり番組の中へ。

スタジオには、見たことのあるタレントも知らないタレントもいたが――。

「今夜は、〈呪われた真珠〉が、姿を現わすかもしれません！」

アナウンサーの言葉にびっくりして、

「そんな話をどこで――」

と言いかけた藍は、タレントの間に、タキシード姿の、入院しているはずの佐川を見付けて唖然とした。

「佐川勇一さんから、事情は伺っています」

「そうですか」

――佐川がTV局に売り込んだのだ。

「呆れた」

と、藍の後ろで、みどりが言った。

「またスポットライトを浴びたかったのね」

と、藍は言った。「――でも、この件で、人が殺されているんです。危険があることを承知していて下さい」

アナウンサーは却《かえ》って喜んでいるようで、

「今夜、スタジオに霊は出現しますか?」

「さあ、私には何とも……」

仕方ない。――間充代に安井晶子の名でメールを送ったのも佐川かもしれない。

しかし、真珠を巡る出来事は事実なのだろう。

藍はカメラの前で、

「手もとに預かった三人の真珠を持って来ました」

と言うと、ハンカチを広げた。

ブローチ、ペンダント、指輪になった真珠が並ぶ。

「他に、殺された三人の方、それからもう持っておられない方も――」

と言いかけた藍は、言葉を切った。

ハンカチの上の三つの真珠が転るように動き始め、ぴたりとくっつくように集まったのである。

「まあ！　皆さん、ご覧になりましたか！」

と、アナウンサーが叫ぶ。

「仕掛があるのか？」

と、タレントの一人が言った。

「いいえ。これは――」

と、藍が言いかけたとき、

「キャーッ！」

と、少女タレントの一人が悲鳴を上げた。

「痛い！」

その少女が首にかけていたペンダントが、突然ちぎれて、宙を飛んで来た。

そして、藍のハンカチの上に落ちて来たのである。

「このペンダントはどこで？」

「買って来たのよ、アンティークの店で……」

「これは、真珠を手放した人のものでしょう。——これらの真珠は、一緒にいなければいけなかったものなんです」

　藍は、佐川へ、「ベルギーの館へ問い合せて、この真珠のいわれを訊いて下さい。警察が保管している物も、返すべきだと思います」

「とんでもない！」

　佐川は立ち上ってやって来ると、「これを使って商売してやる！〈呪われた真珠〉だ。マスコミで話題になるぞ」

「あなた、やめて」

と、みどりが言った。「人が死んでるのよ！」

「だから何だ？　俺が殺したわけじゃない」

　佐川はハンカチの上の真珠をつかもうと手を伸した。

　その瞬間、ペンダントの一つが、佐川に向って、弾丸のように飛んだ。

「ワッ！」

　佐川が顔を押えて呻《うめ》く。血が流れ落ちた。

「いけない！」

と、藍が叫ぶと、突然スタジオの中が真暗になった。

　悲鳴が上る。

そのとき、藍が大声で何か言った。——そして数秒後、明りが点いた。

佐川が床に倒れていた。

「大丈夫？」

みどりが駆け寄る。佐川の首筋にも傷ができていた。

「——良かった」

藍は、床に再び集まった真珠をハンカチでくるむと、「殺されるところでしたよ、佐川さん」

「痛《いて》え……。どうなってる！」

と、佐川は起き上った。

「真珠たちがあなたを襲ったんです。危いところでしたね」

みどりが佐川をひっぱたいた。——佐川が愕然《がくぜん》として、

「俺のものだ！」

「何しやがる！」

「お金しかないの？　もう知らないわ」

みどりはさっさとスタジオから出て行った。

佐川はポカンとしていたが——。

「おい……。待ってくれ！　——みどり！」

と、情《なさけ》ない声で言うと、みどりを追いかけて行った。

「藍さん！」

真由美たち、〈すずめバス〉のツアー客たちは大喜びしているが、居合せたタレントたちは、

「何かのトリックだろ？」

「筋書通りだったんじゃないの？」

と、言い合っていた。

「帰りましょう」

と、藍が促す。

「藍さん、真珠たちに何て言ったの？」

と、真由美が訊いた。

「必ずみんなを集めて、故郷へ帰してあげる、って言ったのよ」

「そう聞こえなかったけど」

「そりゃそうよ。日本語じゃ通じないでしょ。フ、フ、フランス語で言ったのよ」

「へえ！　藍さん、フランス語できるの？」

「馬鹿にしないで」

と、藍は微笑んで、「フランス語ぐらい……。本当は、できる人に頼んで、教えても

らってたの」

「何だ。じゃ、こうなるってこと、分ってたのね」

「もしかしたら、ね。ともかく、丸暗記したのが真珠たちに通じて良かったわ」

藍はハンカチをポケットへしまうと、「皆様、いつも〈すずめバス〉のツアーをお楽しみいただいて……」

と、ツアーの旗を手に、スタジオから出て玄関へと向ったのだった……。

解説

吉田悠軌

突然の自己紹介になってしまうが、私は「怪談関係」の仕事をしている。

といっても、本作の主人公である町田藍《まちだあい》のように霊感があるわけではないし、そもそも幽霊を見たことすら一度もない。私がやっているのは、他人の不思議な体験談を聞き集めたり、怪談がささやかれる現場を取材したり……自分自身は心霊現象から一定の距離を置き、あくまで人々や社会の中で語られる、怪談めいた事象あれこれを調査するのが主な活動だ。なので「怪談文化にたずさわる仕事」といった方が、より正確だろうか。

そんな自分にとって、本シリーズで催される幽霊見学ツアーはとてもうらやましい。私のように霊感ゼロの人間たちも、町田藍の能力にひっぱられ、同じ心霊体験を共有しているからだ。私だって幽霊を見たい。でも見えないから、その周辺を探り、せめて関連するような場所を訪れる。いや、この部分については本作のツアー客も同じだろうか。彼らが幽霊と出会う要因は、藍の影響とはまた別に、「場所」が鍵となっているように見える。

人の亡くなった現場、死者の想いが遺《のこ》されたポイント。そうした場所に近づくことで、藍やツアー客たちは霊とシンクロしていく。死にまつわる場所が、我々のいる「こちら側」と死者たちのいる「あちら側」とを通信する回路となる。

もちろん小説内では、各話ごとの事情や背景があるため、幽霊との通信になんらかの目的（事件解決など）が伴っているケースも多い。しかし幽霊に会う目的は、なにも謎解きや証言集めのためとは限らない。藍の勤め先〈すずめバス〉の筒見《つつみ》社長だって、幽霊見学ツアーそのものがウケるだろう、と判断したではないか。特別な事情などなくても、ただ純粋に死にまつわる場所を訪れ、「あちら側」に触れてみたい人というのは、けっこういるものなのだ。

例えば、肝だめし。わざわざ深夜の心霊スポットに足を運び、恐怖体験をしようとする。これもまた「怪異名所巡り」だ。もちろん、若者たちの心霊スポット突撃はけっして褒められるような行為ではない。廃墟《はいきょ》への不法侵入、近隣住民への迷惑など、問題は多々あるだろう。とはいえ、ただスリルを求めるだけの浅はかな行為と切り捨ててほしくない……と、怪談関係者の私などは思ってしまう。

心霊スポットというものは、現実の生活空間とはまた別の、死にまつわる空間がイメージされている。そこへの突撃とはすなわち、死の世界を訪れようとする行為だ。

「死の世界（あちら側）に触れて、日常の現実（こちら側）に帰ってくる」

それは、古今東西の若者たちにとって当たり前の欲求なのである。世界中の文化を眺めてみれば、若者は大人になるにあたって「仮の死からの帰還」を儀式として求められる。いわゆる通過儀礼（イニシエーション）と呼ばれる文化現象だ。現代日本の若者たちが行う心霊スポット突撃だって、死にまつわる場所への訪問、およびそこからの帰還という意味で、通過儀礼の一種であることは間違いない。

そうした状況における幽霊とは、死の世界を代表する典型例というだけで、必要事項ではない。たとえ幽霊などいっさい出現しなくても、「こちら側」の現実とはまた違う、「あちら側」の異界に触れられさえすればいい。だから寺や神社への参拝、もしくは墓参りだって、実は立派な「怪異名所巡り」なのだ。ただの観光、ちょっとご利益をお願いするだけ、お盆の決まりごとだから、という軽いノリだったとしても構わない。神仏や霊という非現実的な「あちら側」を意識していることには違いないからだ。

つまり我々は、ただむやみに死の世界を遠ざけているだけではない。けっこう好きこのんで、そちらの方へ近づいていったりもするのだ。

しかしそれも、あくまで「こちら側に帰ってくる」ことが大前提である。自分たちの日常生活そのものが、死という「あちら側」に侵食されることは誰も望まない。例えば、かつて自殺や殺人のあった住居、いわゆる「事故物件」に敏感な人は数多い。ここ最近の怪談界隈《かいわい》でも関心が高いテーマだ。なぜ事故物件という話題が注目を集めるのか。その理由は、死にまつわる場所を日常空間にしたくはないという忌避感情、でもうっかり住んでしまうかもしれないという恐怖に裏打ちされているからだろう。「あちら側」に触れるのはあくまでほんの一時だけ、自分の生活スペースから離れた場所でなくてはいけない。そう、つまり「小旅行」でなくてはならないのだ。そして出来るならば、世界中の多くの通過儀礼がそうであるように、先達のガイド役がいれば、なお安心だろう。

それには霊感バスガイドによる幽霊見学ツアーなど、まさにピッタリではないか。筒見社長ならずとも、怪談関係者の私だって、やはりそう思ってしまうのである。

（よしだ・ゆうき　怪談ライター）

この作品は、二〇一六年八月、集英社より刊行されました。

初出誌　小説すばる
友の墓の上で　二〇一三年七月号、八月号
人のふり見て……　二〇一三年十一月号、十二月号
乙女の祈りは永遠に　二〇一四年三月号、四月号
地の果てに行く　二〇一四年七月号、八月号
殺意がひとり歩きする　二〇一四年十一月号、十二月号
夢は泡に溶けて　二〇一五年三月号、四月号

集英社文庫　目録（日本文学）

相沢沙呼　雨の降る日は学校に行かない
青木皐　ここがおかしい菌の常識
青木祐子　幸せ戦争
青木祐子　嘘つき女さくらちゃんの告白
青島幸男・訳　23分間の奇跡
青塚美穂　小説　スニッファー　嗅覚捜査官
青塚美穂　深谷かほる・原作　カンナさーん！　小説版
蒼月海里　水晶庭園の少年たち
蒼月海里　水晶庭園の少年たち　翡翠の海
青羽悠　星に願いを、そして手を。
青柳碧人　家庭教師は知っている
青山七恵　めぐり糸
赤川次郎　駆け落ちは死体とともに
赤川次郎　毒ＰＯＩＳＯＮ
赤川次郎　払い戻した恋人
赤川次郎　あの角を曲がって
赤川次郎　湖畔のテラス
赤川次郎　ウェディングドレスはお待ちかね
赤川次郎　ベビーベッドはずる休み
赤川次郎　グリーンライン
赤川次郎　哀愁変奏曲
赤川次郎　スクールバスは渋滞中
赤川次郎　ホーム・スイートホーム
赤川次郎　午前0時の忘れもの
赤川次郎　プリンセスはご・入・学
赤川次郎　ネガティヴ
赤川次郎　回想電車
赤川次郎　影に恋して
赤川次郎　聖母《マドンナ》たちの殺意
赤川次郎　呪いの花園
赤川次郎　試写室25時
赤川次郎　秘密のひととき
赤川次郎　マドモアゼル、月光に消ゆ
赤川次郎　神隠し三人娘　怪異名所巡り
赤川次郎　その女《ひと》の名は魔女　怪異名所巡り2
赤川次郎　復讐はワイングラスに浮かぶ
赤川次郎　サラリーマンよ　悪意を抱け
赤川次郎　哀しみの終着駅　怪異名所巡り3
赤川次郎　吸血鬼はお年ごろ
赤川次郎　吸血鬼株式会社
赤川次郎　死が二人を分つまで
赤川次郎　吸血鬼よ故郷を見よ
赤川次郎　厄病神も神のうち　怪異名所巡り4
赤川次郎　吸血鬼のための狂騒曲
赤川次郎　砂のお城の王女たち
赤川次郎　吸血鬼は良き隣人
赤川次郎　駆け込み団地の黄昏
赤川次郎　吸血鬼が祈った日

集英社文庫　目録（日本文学）

赤川次郎　お手伝いさんはスーパースパイ！
赤川次郎　不思議の国の吸血鬼
赤川次郎　秘密への跳躍　怪異名所巡り5
赤川次郎　吸血鬼は泉のごとく
赤川次郎　吸血鬼と死の天使
赤川次郎　湖底から来た吸血鬼
赤川次郎　吸血鬼愛好会へようこそ
赤川次郎　恋する絵画　怪異名所巡り6
赤川次郎　青きドナウの吸血鬼
赤川次郎　吸血鬼と切り裂きジャック
赤川次郎　忘れじの吸血鬼
赤川次郎　暗黒街の吸血鬼
赤川次郎　とっておきの幽霊　怪異名所巡り7
赤川次郎　吸血鬼と怪猫殿
赤川次郎　吸血鬼は世紀末に翔《と》ぶ
赤川次郎　吸血鬼と死の花嫁
赤川次郎　吸血鬼はお見合日和《みあいびより》
赤川次郎　東京零年
赤川次郎　吸血鬼と栄光の椅子
赤川次郎　吸血鬼と生きている肖像画
赤川次郎　友の墓の上で　怪異名所巡り8
赤塚祝子　無菌病室の人びと
赤塚不二夫　人生これでいいのだ!!
阿川佐和子　檀ふみ　ああ言えばこう食う
阿川佐和子　檀ふみ　ああ言えばこう嫁行く
秋本治・原作　小説こちら葛飾区亀有公園前派出所
秋元康　7秒の幸福論
秋元康　42個の恋愛論
秋元康　恋はあとからついてくる
秋山裕美　山口マオ　元気が出る50の言葉
芥川龍之介　地獄変
芥川龍之介　河（かっぱ）童
阿久悠　無名時代
朝井まかて　最悪の将軍
朝井リョウ　桐島、部活やめるってよ
朝井リョウ　チア男子!!
朝井リョウ　少女は卒業しない
朝井リョウ　世界地図の下書き
朝倉かすみ　静かにしなさい、でないと
朝倉かすみ　幸福な日々があります
浅暮三文　百匹の踊る猫　刑事課・亜坂誠　事件ファイル001
浅暮三文　無敵犯　刑事課・亜坂誠　事件ファイル101
浅暮三文　困った死体
浅田次郎　鉄道員《ぽっぽや》
浅田次郎　プリズンホテル　1　夏
浅田次郎　プリズンホテル　2　秋
浅田次郎　プリズンホテル　3　冬
浅田次郎　プリズンホテル　4　春

集英社文庫　目録（日本文学）

浅田次郎　闇の花道　天切り松 闇がたり 第一巻
浅田次郎　残俠　天切り松 闇がたり 第二巻
浅田次郎　初湯千両　天切り松 闇がたり 第三巻
浅田次郎　活動寫眞の女
浅田次郎　王妃の館(上)(下)
浅田次郎　オー・マイ・ガアッ！
浅田次郎　サイマー！
浅田次郎　昭和俠盗伝　天切り松 闇がたり 第四巻
浅田次郎　ま、いっか。
浅田次郎　あやしうらめしあなかなし
浅田次郎　終わらざる夏(上)(中)(下)
浅田次郎・監修　天切り松読本 完全版
浅田次郎　椿山課長の七日間
浅田次郎　つばさよつばさ
浅田次郎　アイム・ファイン！
浅田次郎　ライムライト　天切り松 闇がたり 第五巻

浅田次郎　世の中それほど不公平じゃない　最初で最後の人生相談
浅田次郎　帰郷
阿佐田哲也　無芸大食大睡眠
芦原伸　へるん先生の汽車旅行　小泉八雲と不思議の国・日本
飛鳥井千砂　はるがいったら
飛鳥井千砂　サムシングブルー
飛鳥井千砂　海を見に行こう
安達千夏　あなたがほしい　je te veux
阿刀田高　私のギリシャ神話
阿刀田高　遠い迷宮　阿刀田高傑作短編集
阿刀田高　黒い回廊　阿刀田高傑作短編集
阿刀田高　白い魔術師　阿刀田高傑作短編集
阿刀田高　青い罠　阿刀田高傑作短編集
阿刀田高　甘い闇　阿刀田高傑作短編集
阿刀田高　影まつり
穴澤賢　またね、富士丸。

阿野冠　バタフライ
我孫子武丸　たけまる文庫 謎の巻
阿部暁子　室町繚乱　義満と世阿弥と吉野の姫君
安部龍太郎　海神《わだつみ》
安部龍太郎　生きて候(上)(下)
安部龍太郎　恋七夜
安部龍太郎　関ヶ原連判状(上)(下)
安部龍太郎　天馬、翔ける　源義経(上)(中)(下)
安部龍太郎　風の如く水の如く
安部龍太郎　道誉と正成　婆娑羅太平記
安部龍太郎　義貞の旗　士道太平記
甘糟りり子　思春期ブス
天野純希　桃山ビート・トライブ
天野純希　青嵐の譜(上)(下)
天野純希　南海の翼　長宗我部元親正伝
天野純希　信長 暁の魔王

集英社文庫　目録（日本文学）

天野純希　剣風の結衣
飴村　行　ジムグリ
綾辻行人　眼球綺譚
新井素子　チグリスとユーフラテス(上)(下)
新井友香　祝　女
嵐山光三郎　日本詣で　ニッポンもうで
嵐山光三郎　よろしく
荒俣　宏　日本妖怪巡礼団
荒俣　宏　風水先生
荒俣　宏　怪奇の国ニッポン
荒俣　宏　レックス・ムンディ
荒山　徹　鳳凰の黙示録
有川真由美　働く女《ひと》！38歳までにしておくべきこと
有島武郎　生れ出づる悩み
有吉佐和子　仮縫
有吉佐和子　連《つれ》舞《まい》

有吉佐和子　乱《みだれ》舞《まい》
有吉佐和子　処女連《れん》禱《とう》
有吉佐和子　更紗夫人
有吉佐和子　仮　縫
有吉佐和子　花ならば赤く
安東能明　聖域捜査
安東能明　境界捜査
安東能明　伏流捜査
伊岡　瞬　悪　寒
井形慶子　運命をかえる言葉の力
井形慶子　英国式スピリチュアルな暮らし方
井形慶子　イギリス人の格　「今日できること」からはじめる生き方
井形慶子　日本人の背中　欧米人はどこに惹かれ、何に驚くのか
井形慶子　好きなのに淋しいのはなぜ
井形慶子　ロンドン生活はじめ！　50歳からの家づくりと仕事
井形慶子　イギリス流　輝く年の重ね方

池　寒魚　隠密絵師事件帖
池　寒魚　ひとだま　隠密絵師事件帖
池　寒魚　赤　心　隠密絵師事件帖
池　寒魚　いきづまり　隠密絵師事件帖
池井戸潤　七つの会議
池井戸潤　陸　王
池内　紀　ゲーテさん　こんばんは
池内　紀　作家の生きかた
池内　紀　二列目の人生　隠れた異才たち
池上　彰　これが「週刊こどもニュース」だ
池上　彰　そうだったのか！　現代史
池上　彰　そうだったのか！　現代史　パート2
池上　彰　そうだったのか！　日本現代史
池上　彰　そうだったのか！　アメリカ
池上　彰　そうだったのか！　中国
池上　彰　池上彰の大衝突　終わらない巨大国家の対立

集英社文庫

友《とも》の墓《はか》の上《うえ》で　怪異名所巡《かいいめいしょめぐ》り8

2019年10月25日　第1刷　　定価はカバーに表示してあります。

著　者　赤川次郎《あかがわじろう》

発行者　徳永　真

発行所　株式会社　集英社
東京都千代田区一ツ橋2-5-10　〒101-8050
電話　【編集部】03-3230-6095
　　　【読者係】03-3230-6080
　　　【販売部】03-3230-6393（書店専用）

印　刷　凸版印刷株式会社

製　本　凸版印刷株式会社

フォーマットデザイン　アリヤマデザインストア　　マークデザイン　居山浩二

ISBN978-4-08-744032-4 C0193